Renegat. Księżyc. Tom 3

J.N. Chaney

Renegat. Księżyc.

Tom 3

Tłumaczenie Monika Wiśniewska

Podium

Renegat. Księżyc. Tom 3

Tłumaczenie Monika Wiśniewska

Tytuł oryginału *Renegade Moon*

Język oryginału angielski

Zdjęcie na okładce: Shutterstock
Copyright © 2017, 2022 J.N. Chaney i SAGA Egmont

Wszystkie prawa zastrzeżone

ISBN: 978-1-0394-6058-4

Wydanie I

www.podiumentertainment.com

OPIS KSIĄŻKI

Renegat. Księżyc
Seria *Renegat*, część 3

Renegat nigdy się nie poddaje.

Po tym jak udało im się umknąć zarówno Unii, jak i Imperium Sarkonijskiemu, Jace i jego załoga lecą dalej na poszukiwanie Ziemi. Jace wierzy, że z pomocą Tytana, ich nowej bazy operacyjnej, może się to udać.

To znaczy jeśli okażą się szybsi niż dwie depczące im po piętach armie i jeśli jakimś cudem przeżyją w galaktyce, która pragnie ich śmierci. Nie można tego nazwać bułką z masłem.

Nikt jednak nie mówił, że bycie Renegatem jest łatwe.

Jeśli jesteś fanem *Firefly*, *Battlestar Galactica* czy *Przebudzenia lewiatana*, pokochasz ten epicki thriller z nurtu opery kosmicznej.

Dla Dustina.

Dziękuję Ci za wszystkie nocne sesje gamingowe.

1

-- Na pewno dasz sobie radę? – zapytałem, stojąc z kijem treningowym w ręce na środku dużego pomieszczenia.

Abigail dziwnie na mnie spojrzała, jakbym był szalony, sądząc, że wygram z nią w tej walce jeden na jednego.

-- Nie pamiętasz już, że to ja cię tu zaprosiłam? – rzuciła, obracając kij w ręce.

-- Chciałem być jedynie uprzejmy, więc nie martw się o mnie, siostro. – Moim słowom towarzyszył wymowny uśmieszek.

Uniosła brew.

– Wiesz przecież, że nie jestem już mniszką.

– Mniszką jest się na zawsze – stwierdziłem, kiedy uniosła swój kij, a na drugim końcu błysnęła mała iskra. Używaliśmy broni będącej pod napięciem, aby przetestować siłę tarczy. To bezpieczniejsza, aczkolwiek wcale nie pozbawiona ryzyka alternatywa strzelaniny.

Abigail ugięła nogi w kolanach, przybierając odpowiednią pozycję, po czym lekko kiwnęła głową.

Wyszczerzyłem się.

– No dobra – rzuciłem i pstryknąłem włącznik mojego kija. Z końcówki posypały się iskry.

Ruszyłem do przodu i obróciłem kij tak, by skierować atak na jej nogi.

Zablokowała go, odepchnęła własną bronią, następnie obróciła się i uderzyła mnie w ramię.

– Tarcza dziewięćdziesiąt osiem procent – powiedział głos w moim uchu. Należał do Atheny, kognitywnego programu zarządzającego Tytanem, na pokładzie którego obecnie przebywaliśmy.

– Cholera – mruknąłem, dostrzegając niebieską poświatę otaczającej mnie tarczy.

– Wygląda na to, że tarcza działa – oceniła Abigail. Ponownie ruszyła w moją stronę i skierowała kij w stronę mojej klatki piersiowej.

Odparłem atak, ale ledwo ledwo – iskry od tarczy dzieliły zaledwie centymetry. Wykorzystując fakt, że Abigail straciła równowagę, zadałem kolejny cios.

Uchyliła się, lecz nie dałem jej czasu na to, aby mogła wrócić. Ponownie się zamachnąłem, wiedząc, że zablokuje mój kij tym, który trzymała w tej chwili poziomo na wysokości klatki piersiowej.

A potem wsunąłem swój kij pod jej, pchnąłem i stuknąłem ją prosto w pierś.

Iskry zderzyły się z tarczą i wokół Abigail pojawiła się jasnoniebieska poświata.

– Jasny gwint – burknęła. – Zostało dziewięćdziesiąt sześć procent.

– Dwa procent więcej niż po twoim uderzeniu. – Puściłem do niej oko. – To pewnie ta moja męska siła.

– Idiota z ciebie – oświadczyła.

Zignorowałem jej oczywistą zazdrość.

– Zastanawiam się, ile jeszcze pocisków może przyjąć ta tarcza.

Kiwnęła głową.

– Powinniśmy kontynuować do czasu, aż się wyczerpią? Jeśli chcesz, to amunicję możemy przetestować później.

Odpowiedziałem pchnięciem, celując końcówką kija w jej twarz. Zablokowała go, po czym zadała mi szybki cios w nogę.

– Tarcza dziewięćdziesiąt sześć procent – poinformowała mnie Athena.

Odsunąłem kij Abby i wycelowałem w środek ciała, jednak moja przeciwniczka uchyliła się.

Opadła ciężko na jedną nogę, sygnalizując kolejny ruch, więc się na niego przygotowałem. Kiedy rzuciła się w moją stronę, odepchnąłem jej kij, następnie chwyciłem za ramię i obróciłem tak, że upadła mi na stopę.

Zacisnęła mi dłoń na nadgarstku, pociągając za sobą na ziemię, i w konsternacji wypuściłem z ręki kij. Udało jej się usiąść na mnie okrakiem, trzymając kij tuż nad moją szyją. Chwyciłem go i popchnąłem. Obniżył się o kilka centymetrów i w chwili, kiedy drewno zderzyło się z twardym światłem, tarcza zamigotała.

– Tarcza siedemdziesiąt sześć procent – powiedział głos w moim uchu.

– Poddajesz się? – zapytała Abigail.

Kij nieprzerwanie naciskał na tarczę, emitując przy tym iskry, więc zamiast napierać do przodu, uchyliłem się w bok, przez co kij upadł na ziemię.

Abigail rzuciła się po niego, dzięki czemu mogłem chwycić ją w talii i odwrócić. Przeturlaliśmy się i w konsekwencji ona znajdowała się pode mną, kij obok nas, a jej ciało między moimi kolanami.

Próbowała wstać, lecz złapałem jej obie dłonie i przyszpiliłem nad głową.

– Poddajesz się? – zapytałem, cytując ją.

– Do jasnej cholery! – zawołała, próbując mi się wyrwać. – A już cię miałam!

– Obezwładniłem cię już po raz drugi – oświadczyłem, zaledwie kilka centymetrów od jej twarzy.

– Jeśli masz na myśli nasze pierwsze spotkanie, to ono się nie liczy. Miałam wtedy na sobie kościelny strój – przypomniała mi.

– W porządku, ale to i tak jeden do zera. – Podniosłem się z ziemi i podałem jej rękę. – Będzie rewanż?

– Umowa stoi – odparła, chwytając mój nadgarstek. – Ale więcej nie przegram.

Gdy wracaliśmy, nie mogłem się nadziwić rozmiarowi tej megakonstrukcji, którą zacząłem nazywać domem. Przypuszczam, że zmieściłoby się tutaj kilka tysięcy statków wielkości Zbuntowanej Gwiazdy, aczkolwiek pewności mieć nie mogłem.

Przebywałem tutaj już prawie trzy dni, lecz nadal nie miałem okazji zwiedzić tego miejsca. Choć pustawe, pełne było sekretów. Ciekawe, ile dałoby się tutaj zagrabić łupów, gdyby się dysponowało odpowiednim czasem.

Parsknąłem, kiedy minąłem łukowate przejście i znalazłem się na kolejnym korytarzu. W tym akurat po obu stronach znajdował się ogród. Przeróżne odmiany kwiatów we wszystkich kolorach i kształtach, zioła i rośliny. Dodawało to odrobinę życia spartańskiemu wystrojowi obecnemu na całym Tytanie.

– Kapitanie – rozległ się głos z góry. W tym samym momencie, ku mojemu zaskoczeniu, przede mną zjawiła się Athena.

– Ja pierdolę – zakląłem. – Powiedz coś, zanim tak się niespodziewanie pojawisz.

– Przepraszam – rzekła, lekko skłoniwszy głowę. – Ale przecież powiedziałam „kapitanie".

Znieruchomiałem. Czyżby ten finezyjny program komputerowy – nie, Kognitywna – właśnie mi odpyskował?

– Czego chcesz, Atheno?

Uśmiechnęła się grzecznie.

– Chciałam poinformować, że odzyskałam dostęp do mostka i wolałabym kontynuować nasze spotkanie właśnie tam.

– Nie teraz – odparłem, machając ręką. – Muszę wziąć prysznic.

– Rozumiem. Wobec tego czekam, aż będzie pan gotowy, kapitanie. – Zniknęła, rozpływając się w powietrzu.

Szedłem dalej. Zbliżywszy się do kolejnego zakrętu, z końca korytarza dosłyszałem śmiech.

Lex jak zwykle bawiła się w ogrodowej ziemi, natomiast obok niej siedział Freddie i czytał coś na tablecie.

– Pan Hughes! – zawołała na mój widok.

– Hej, mała.

Freddie podniósł głowę i uśmiechnął się.

– Już po sparingu z siostrą Abigail? Jak testy?

– Dobrze, ale mam swoje granice. Nie da się przyjmować ciosów bez końca. – Skrzyżowałem ręce na piersi. – Jeśli chcesz wiedzieć, to skopałem jej tyłek.

– A to dopiero! Ona naprawdę świetnie walczy. – Na twarzy chłopaka malowało się autentyczne zdumienie.

Lex uniosła rękę z kupką ziemi.

– Panie Hughes, chce się pan pobawić z kwiatkami?

– Nieszczególnie – odparłem i zacząłem się oddalać. – Ale ty baw się dobrze.

– Dzięki, panie Hughes! – zawołała za mną, wyjątkowo podekscytowana ziemią i roślinami.

Udałem się do lądowiska ze stacjami dokującymi, gdzie czekał mój statek, Zbuntowana Gwiazda.

Odkąd tu trafiliśmy, stał pusty. Cała załoga przeniosła się do pomieszczeń znacznie większych i wygodniejszych niż kajuty, z których korzystali na moim statku. W sumie wcale im się nie dziwiłem. Z wyjątkiem Abigail i Lex żadne z nich nie musiało już dzielić z nikim pokoju. Wszyscy mieli ochotę wyspać się i zrelaksować, co było naturalne, ja jednak na wszelki wypadek musiałem pozostać na Gwieździe.

– Witam ponownie – odezwał się Sigmond, gdy wszedłem do salonu. Jego głos rozległ się przez system głośników.

– Cieszę się, że wróciłem – mruknąłem, kierując się prosto do swojego pokoju.

– Mogę coś dla pana zrobić?

Zdjąłem koszulkę.

– Uruchom prysznic, dobrze? Jestem zmordowany.

Chwilę później stałem pod parującą wodą, spływającą na moją głowę, szyję i tors. Umyłem włosy szamponem, następnie z zamkniętymi oczami delektowałem się gorącym strumieniem. W ciągu kilku tygodni z renegata samotnika, przemytnika i złodzieja stałem się uciekinierem przebywającym na pradawnej megakonstrukcji i poszukującym mitycznej Ziemi, którego ścigały dwie różne, do tej pory wrogie sobie siły zbrojne. Jakimś cudem udało im się zjednoczyć przeciwko mnie.

Jeszcze kilka komplikacji i musiałbym się upić.

A właśnie, to wcale nie taki głupi pomysł.

Zakręciłem wodę i użyłem suszarki. Ubrałem się, poszedłem do salonu, gdzie nalałem sobie szklankę whiskey, usiadłem na kanapie i położyłem nogi na stole.

– Aaach – westchnąłem przeciągle. – Tego mi brakowało.

– Kapitanie Hughes – odezwała się Athena. Jej głos rozbrzmiewał wokół mnie, jakby znajdowała się dosłownie wszędzie. Działo się tak dzięki przywiezionemu przez nas artefaktowi, staremu urządzeniu komunikacyjnemu zwanemu klucznikiem. Zamierzałem pozbyć się tego cholerstwa ze statku, ale ciągle wylatywało mi to z głowy. – Kapitanie Hughes, proszę się odezwać.

– Czego chcesz? – zapytałem.

– Za piętnaście minut wylatujemy ze Slipspace. Pańska obecność na mostku jest wymagana.

– Po co? Nie jest tak, że od dwóch tysięcy lat sama zawiadujesz tą gigantyczną kulą? Do czego ci jestem potrzebny?

– Najlepiej będzie to panu pokazać, kapitanie. Do zobaczenia niedługo.

– Słyszałeś, Siggy? Nawet nie mogę odpocząć – poskarżyłem się, unosząc z frustracją ręce.

– Wielka szkoda – odparła AI.

– Wiesz co, Siggy? – Wstałem z kanapy. – Czasem żałuję, że już nie ma tylko naszej dwójki i starego, dobrego życia. Cała ta odpowiedzialność mnie dobija.

– Czy mam przygotować silniki i obrać kurs, proszę pana? – zapytał Sigmond.

Przez chwilę się zastanawiałem.

– Lepiej nie – rzekłem w końcu. – Przekonajmy się, dokąd nas zabierze to ustrojstwo.

– Jak pan sobie życzy. Będę wypełniał pańskie rozkazy.

Przeszedłem przez śluzę i znalazłem się na platformie dokującej.

– Tego właśnie oczekuję, Siggy.

2

– Witam, kapitanie – rzekła Athena, która zdążyła przybrać formę utwardzonego światła i stała przed ciągnącym się wzdłuż jednej ze ścian ogromnym monitorem.

Abigail też tu była, w nowym stroju i z upiętymi włosami.

– Imponujące, co, Jace?

– Witam obie panie.

Rozejrzałem się. Mostek był mniejszy, niż można by się spodziewać po statku równie wielkim jak Tytan, ale i tak całkiem spory. Podłogę od sufitu dzieliło jakieś dziesięć metrów i spokojnie mieściły się tu na oko trzy tuziny stacji roboczych.

Co nie znaczy, że ktoś z nich korzystał. Oprócz mnie i mojej załogi na statku nie było nikogo. Zdecydowanie za dużo przestrzeni jak na osiem osób.

Czy moja załoga rzeczywiście liczyła teraz tyle osób? Prawdę mówiąc, nie zastanawiałem się nad tym, czy Camilla i jej ojciec Bolin także wchodzą w jej skład. Pewnie tak, skoro tu są. No bo gdzie mieliby się udać? Sarkonianie i Unia pojmaliby ich i próbowaliby wykorzystać jako narzędzie do wywierania nacisku na mnie, tak jak miało to już miejsce.

Nie, byłem na nich skazany w takim samym stopniu jak na Abigail, Lex, Freddiego, Hitchensa i Octavię.

Kąciki moich ust uniosły się w drwiącym uśmiechu. Moje próby prowadzenia życia w pojedynkę skończyły się posiadaniem całkiem sporej załogi.

– Obawiam się, że nie wszystkie systemy są w pełni przywrócone – powiedziała Kognitywna.

– Szczerze? Dziwię się, że ten statek w ogóle jeszcze funkcjonuje po… mówiłaś, że ilu latach? – zapytała Abigail.

– Mniej więcej dwóch tysiącach – odparła Athena.

Zagwizdałem.

– Długo.

– Było tu wielu pasażerów? – zaciekawiła się Abigail.

– O tak – potwierdziła Kognitywna. – Miałam na pokładzie milion mieszkańców.

– Milion? – Opadła mi szczęka. – Niemożliwe.

– A jednak, kapitanie. Ten statek swego czasu tętnił życiem. Oczywiście taka populacja nie mogła się utrzymywać bez końca. Kiedy wyczerpała się moc rdzeniowa, nie mieliśmy innego wyjścia, jak rozpocząć proces ponownego ładowania.

– Gdzie się podziali ci wszyscy ludzie? – zapytała Abigail.

– Zasiedlili kolonie – wyjaśniła Kognitywna. – I nowe światy. Na przestrzeni wieków namnożyło się osad i kolonii.

– Nikt tu nie został? – chciałem wiedzieć.

– Wtedy było to niemożliwe. Statek utracił moc. Dokonywano prób przywrócenia naszych systemów online, jednak jedyne realne rozwiązanie wymagało długotrwałego poboru mocy ze źródła. – Machnęła ręką w stronę pobliskiej ściany i nagle ekran się rozjaśnił, pokazując powierzchnię planety, gdzie zaledwie kilka dni temu znaleźliśmy ten księżyc. Rozpoznałem wieżę i otaczający ją okrągły budynek, tyle że na tym obrazie pozostawał w stanie nienaruszonym. – Widzieliście to już, prawda?

– Taa, mało nas nie zabiło – odparłem.

– To zaledwie wierzchołek kryjącej się pod ziemią struktury zwanej enklawą mocy. Jej celem jest gromadzenie energii termalnej i nuklearnej w celu uzupełnienia zapasów awaryjnej mocy Tytana. Podczas kolonizacji pozostała tutaj grupa naukowców i robotników i to właśnie oni zbudowali te struktury. Niestety nie doszło do procesu aktywacji. – Uśmiechnęła się do mnie. – Aż pojawiliście się wy.

– Innymi słowami zostawili was tutaj, abyście zgnili – podsumowałem.

– Jace, nie bądź ordynarny – zbeształa mnie Abigail i posłała mi spojrzenie sugerujące, że powinienem zważać na słowa.

Zignorowałem ją.

– Ci ludzie zadali sobie trud zbudowania tego monstrum wielkości księżyca, a kiedy napotkali trudności, po prostu je porzucili. Mi to wygląda na marnotrawstwo, a wam nie?

Milczenie Atheny utwierdziło mnie w przekonaniu, że mam rację.

– Proszę, kapitanie – rzekła w końcu. – Choć cenię sobie pańskie słowa, muszę pana zapewnić, że nie zostałam porzucona. Wręcz przeciwnie, moją misją było dostarczenie kolonistów do ich desygnowanych światów, gdzie będą mogli się rozwijać i prosperować. Nie udało mi się tego dokonać, niemniej cieszę się, wiedząc, że misja ostatecznie zakończyła się sukcesem.

Ekran za nią zamigotał, pokazując tunel ślizgu, a ona na chwilę zamarła. Płytki na ścianie zmieniły się w ekrany, pozwalając nam zobaczyć to, co znajdowało się na zewnątrz statku. Wirująca zieleń, tak jak to bywa w Slipspace, zaś na odległych ścianach tunelu pojawiały się błyskawice.

– Istniejący tunel – powiedziała Athena i w końcu się poruszyła.

Przed nami utworzyło się biegnące rozcięcie. Odsłaniając ciemną otchłań normalnej przestrzeni, Tytan przeleciał przez nie i zostawił za sobą tunel. Już widziałem pobliską gwiazdę – małego, białego karła.

Athena spojrzała na mnie.

– Kapitanie, właśnie dlatego poprosiłam, aby pan do mnie dołączył. Mamy problem związany z rezerwami paliwa.

– Co się dzieje? – zapytał za mną inny głos. Obejrzałem się i zobaczyłem stojącego w drzwiach Freddiego.

– Co ty tu robisz? – zapytała Abigail.

– Chciałem zapytać o coś Athenę, ale mogę zaczekać – odparł.

Ponownie odwróciłem się w stronę Kognitywnej.

– Słyszałaś pytanie. Chętnie poznamy odpowiedź.

Athena skinęła głową.

– Rdzeń paliwowy Tytana opiera się na trycie, niezwykle rzadkim, trudnym do wytworzenia związku chemicznym. Z tego powodu został on wyposażony w kilka innych systemów rezerwowych, w tym solarny. Jeśli mamy kontynuować naszą podróż ku Ziemi, z powodu zużycia energii potrzebnej do korzystania ze Slipspace będziemy musieli często uzupełniać paliwo.

– Jak często? – zapytał Freddie.

– Na każdą godzinę podróży przez Slipspace potrzeba sześciu godzin tankowania – wyjaśniła Athena.

– Żartujesz? – prychnąłem. – Czemu nie możesz korzystać po prostu ze zwykłego generatora Slipspace?

– Tytan tworzy własne tunele – odparła Athena. – Wymaga
to ogromnych nakładów energii. Moglibyśmy oczywiście przemieszczać się tunelami, które już istnieją, tyle że aktualnie przebywamy z dala od nich.

– Nie ma w pobliżu żadnych tuneli? – zdziwiłem się.

– Kiedy uciekliśmy waszym prześladowcom, generałowi Mar-
cusowi Brighamowi i Sarkonianom, zgadza się?

Kiwnąłem głową.

– Sukinsyny.

– W rzeczy samej – zgodziła się. – Kiedy stworzyliśmy nowy
tunel, zabrał on nas z uprzednio utworzonej sieci. Jeśli planujemy
korzystać w przyszłości z istniejących tuneli, będziemy musieli
wrócić na poprzedni kurs. Alternatywą jest nieustanne uzupeł-
nianie paliwa.

– W takiej sytuacji jak długo potrwa podróż na Ziemię? – zapytał Freddie.

Na chwilę znieruchomiała, po czym zamrugała.

– Dwadzieścia sześć lat, pięć miesięcy i dwadzieścia trzy dni.

– Jasny gwint – mruknąłem. – Nie damy rady.

– Damy – poprawiła mnie. – Tyle że mocno się zestarzejecie.

Freddie przełknął ślinę.

– Na miejscu byłbym już po pięćdziesiątce.

Zgromiłem go wzrokiem.

– Ta opcja nie wchodzi w grę. Mówiłaś, że jedynym innym
rozwiązaniem jest korzystanie z istniejącej sieci tuneli?

Athena przesunęła palcem po ścianie i obraz się zmienił, pokazując znajdującą się pośrodku niebieską kropkę.

– To nasze obecne położenie – wyjaśniła.

Wokół niebieskiego punktu pojawiło się kilka innych. Chwilę
później były ich tysiące i razem tworzyły galaktykę.

– Będziecie wiedzieli, gdzie jesteśmy, ale patrzcie – rzekła i pstryknęła palcami.

Pojawiła się linia prowadząca od naszej niebieskiej kropki do żółtej, a potem do kolejnej. Rozdzieliła się na trzy linie i biegła w różnych kierunkach.

– Ta sieć w różnych punktach rozrasta się i urywa, ale zazwyczaj istnieje linia, która łączy wszystko w taki czy inny sposób. Wydaje się to skomplikowane, ale patrzcie. – Ponownie pstryknęła palcami i tym razem pojawiła się niebieska linia. Zaczynała się w miejscu naszego położenia, a kończyła się gdzieś na drugim końcu galaktyki. Biegła zygzakiem w różnych kierunkach, ani razu nie została przerwana. – W tej chwili problemem jest oczywiście długość podróży. Nawet po obraniu tej konkretnej ścieżki czas lotu pozostaje długi.

– Ale nie jest to dwadzieścia sześć lat – odezwał się Freddie.

– Zgadza się. Ta ścieżka jest znacznie krótsza, angażuje sześćdziesiąt siedem tuneli i na jej pokonanie potrzeba pięciu lat.

– Pięć lat? – Nawet nie kryłem frustracji. – Nie sądzę, abym wytrzymał tak długo na tym księżycu.

Kiwnęła głową.

– Rozumiem, że nie jest to rozwiązanie idealne, dlatego przygotowałam trzecią opcję. Muszę was jednak od razu ostrzec, że jest bardziej niebezpieczna od dwóch pozostałych.

– Dawaj. Przed podjęciem decyzji lubię wiedzieć, na czym stoję.

Potrząsnęła nadgarstkiem, przez co na ekranie pojawiło się zbliżenie na pewien fragment galaktyki, ten z niebieską linią.

– Istnieje pewna planeta, niezbyt daleko od naszego aktualnego położenia, która, jak mniemam, także ma trytowy rdzeń.

– Powinnaś była od tego zacząć – stwierdziłem. – Miałbym dziesięć minut więcej na spanie i picie.

– Przepraszam. Jest problem z lokalizacją, dlatego odczekałam z przedstawieniem tej propozycji.

– Jaki problem? – zainteresował się Freddie.

– Wasza mapa pozwoliła mi przeanalizować granice różnych organów rządowych. Z tych informacji wynika, że ta planeta znajduje się na terytorium Unii, co utrudnia do niej dostęp.

Westchnąłem.

– Dlatego nie powiedziałaś o tym od razu.

– Zgadza się. Z tego co mi wiadomo, planeta ta została także skolonizowana, co oznacza, że możemy napotkać trudność w zdobyciu rdzenia.

– Jak się nazywa ten świat? – zapytał Freddie.

– Nie wiadomo – odparła Athena. – W mediach widnieje jedynie informacja o jego lokalizacji.

– Naprawdę? – zdziwił się chłopak. – To dość niezwykłe. Nie sądzi pan, kapitanie? Spotkał się pan już z czymś takim?

– Miałem okazję widzieć utajnione statki i bazy wojskowe na księżycach, których nie powinno tam być, ale nigdy nie zetknąłem się z planetą bez nazwy. – Spojrzałem na Athenę. – Nasze opcje wyglądają zatem tak: dwadzieścia sześć lat przystanków na tankowanie, pięć lat podróży przez sieć tuneli albo kradzież nowego rdzenia z przestrzeni należącej do Unii. Jeśli chcesz znać moje zdanie, to wszystkie trzy scenariusze są do bani.

Freddie pokiwał głową.

– Według mnie nie warto ryzykować i atakować kolonii. W tej chwili jesteśmy wolni zarówno od Unii, jak i Sarkonian. Niełatwo im nas będzie dogonić, jeśli się nie zatrzymamy.

– Być może – przyznała Athena.

– Być może? – powtórzyłem. – A co to niby oznacza?

– Tworzone przez nas tunele pozostają dostępne dla innych – wyjaśniła.

Uniosłem brew.

– Zaraz, czy ty właśnie powiedziałaś, że te tunele nie zamykają się za nami?

– To oznacza, że Unia może już nas śledzić? – zapytał Freddie.

– Jeśli wasi prześladowcy zdecydują się lecieć za nami, nie uda nam się bez końca utrzymywać bezpiecznego dystansu. Nasz współczynnik wyniszczenia jest po prostu zbyt duży – odparła Athena.

– Dlatego że zatrzymujemy się na uzupełnienie paliwa? – zapytałem.

– Właśnie tak. Korzystanie z istniejącej sieci tuneli pozwoli nam zaoszczędzić sporą część paliwa, lecz nie całość. W końcu i tak będziemy się musieli zatrzymać, a kiedy do tego dojdzie, nie będę w stanie zapewnić nam bezpieczeństwa.

– Namierzyłaś jakieś statki za nami? – zainteresowałem się.

– Na razie nie – uspokoiła mnie. – Niemniej w każdej chwili może to ulec zmianie.

Intensywnie się zastanawiałem. Każda z opcji niosła ze sobą zbyt duże ryzyko. Jeśli będziemy dalej lecieć, Unia nas w końcu znajdzie. I licho wie, czy Tytan będzie miał wystarczająco energii, aby użyć swoich tarcz.

– Co powinniśmy zrobić, kapitanie? – zapytał mnie Freddie.

– Zgromadzić załogę – odparłem. – Przed podjęciem decyzji będziemy musieli razem to obgadać. Przekaż wszystkim, że czekam na nich w sali konferencyjnej.

3

Po drodze postanowiłem zahaczyć o pokój Alphonse'a. Jeśli ktoś mógł mi zapewnić wgląd w sposób rozumowania Unii, to właśnie Komisarz.

– Ach, kapitan Hughes – przywitał mnie Alphonse, kiedy otworzyłem drzwi.

Siedział na łóżku i czytał coś na tablecie. Octavia dała mu dostęp do cyfrowej biblioteki z ponad sześcioma tysiącami tytułów. Miło z jej strony, no ale uratował on Lex przed porwaniem, więc może byliśmy jego dłużnikami.

Nadal nie miałem pewności, co względem niego czuję. Istniało wysokie prawdopodobieństwo, że wszystkich nas nabiera, twierdząc że zabicie Dockera i uratowanie Lex były na pokaz i że ostatecznie znajdzie jakiś sposób, by nas załatwić. Możecie to uznać za paranoję, tyle że kiedy jest się Renegatem, to właśnie dzięki takiemu tokowi myślenia pozostaje się przy życiu. U mnie do tej pory to się sprawdzało.

– Komisarzu. – Z ręką na przytwierdzonym do biodra pistolecie zamknąłem drzwi, ani na chwilę nie spuszczając Alphonse'a z oczu. – Przyszedłem porozmawiać.

– Domyśliłem się – odparł, odkładając tablet.

– Przepraszam, że przerywam lekturę.

Nie podszedłem bliżej – wolałem pozostać blisko drzwi. Z tego, co słyszałem, Komisarze byli szybcy i śmiertelnie niebezpieczni, dlatego nie zamierzałem ryzykować.

Na jego twarzy pojawił się drwiący uśmieszek.

– Octavia zapewniła mi doprawdy fascynujący materiał. Beletrystyka, tyle że większość jest… jak mam to ująć? – Zawahał się i zerknął na tablet. – W sumie dość… erotyczna.

– Erotyczna? – powtórzyłem.

– Być może uznała to za zabawne. – Wyglądał na szczerze rozbawionego. – Tak czy inaczej czytam właśnie jedną z tych mniej obrazowych powieści o dwóch żołnierzach – jednym z Unii, drugim Sarkonianinie – którzy zakochują się w sobie, co skutkuje tym, że są ścigani przez swoje rządy. Muszę przyznać, że pomimo sugestywnego charakteru tej książki, wątki polityczne zostały całkiem dobrze rozwinięte. Podejrzewam, że autorka, Lucy Valentine, choć to na pewno pseudonim literacki, ma doświadczenie w pracy dla rządu.

– Coś mi mówi, że się nudzisz – stwierdziłem.

– W rzeczy samej. – Kiwnął głową. – Kolejny powód, dla którego cieszy mnie pański widok.

– A właśnie, przejdźmy do tego, po co się tu zjawiłem.

Nachylił się w moją stronę.

– Proszę mówić.

Zerknąłem w róg pomieszczenia. Wiedziałem, że tam znajduje się kamera. Poprosiłem Athenę o to akurat miejsce, abyśmy mogli mieć Alphonse'a na oku. Podejrzewałem, że o tym wie, aczkolwiek pewności nie miałem.

Przyłożyłem dłoń do ucha, udając, że rozmawiam z narzędziem komunikacyjnym.

– Atheno, pokaż planetę, o której wcześniej rozmawialiśmy.

Na ścianie po mojej lewej stronie natychmiast pojawił się świat z kilkudziesięcioma kontynentami.

– Wiesz, gdzie to jest? – zapytałem, patrząc na Alphonse'a.

Wstał i z rękami splecionymi za plecami powoli podszedł do ściany.

– Wygląda znajomo. Co to za lokalizacja?

– Przestrzeń należąca do Unii – odparłem.

Dotknął podbródka i powoli pokiwał głową.

– Rozumiem… a nazwa planety?

– Nie podano. Ale coś mi mówi, że już to wiesz.

Uśmiechnął się.

– Podoba mi się pańska wiara we mnie, kapitanie.

– Na twoim miejscu bym się tak nie zapędzał. Po prostu spodziewam się, że Komisarz wie co nieco na temat światów, których nie ma w bazie danych. Mam rację?

– Priscilla – odparł. – Nazwa tej planety to Priscilla.

Doszedłem do wniosku, że to głupia nazwa i że pasuje bardziej do trzylatki z kucykami.

– Dlaczego jej nazwy nie ma w bazie danych? – zapytałem.

– Z tego samego powodu, dla którego pan się nią interesuje – rzekł Alphonse. – A przynajmniej tak zakładam. Proszę mi powiedzieć, kapitanie, chodzi o pewien artefakt?

– Co wiesz na ten temat?

– Zapewne nie tyle co pan, ale wystarczająco, by zdawać sobie sprawę, że jest bezcenny.

- Nie twoje zmartwienie.

Zachichotał.

- Pewnie nie, zważywszy na moje obecne położenie - stwierdził.

- Wiesz coś jeszcze na temat Priscilli? - zapytałem.

- Tyle tylko, że powinno trzymać się od niej z daleka.

- Och? A to czemu?

Odchrząknął.

- Po pierwsze, jest coś, o czym powinien pan wiedzieć.

- I zamierzasz opowiedzieć mi teraz o tym, Al?

Z uśmiechem zignorował mój sarkazm i kontynuował:

- Generalnie Komisarze mają dostęp do większej liczby informacji wywiadu niż jakiekolwiek inny organ rządowy w całej Unii. Miałem okazję widzieć raporty dotyczące rzeczy, które trudno sobie nawet wyobrazić, a których spora część zlokalizowana jest na Priscilli w specjalnie wybudowanych podziemiach. To właśnie na tej planecie znajdują się wszelkie egzotyczne artefakty, które według rządu mogą mieć jakieś znaczenie.

- Chcesz mi powiedzieć, że Priscilla to swoisty magazyn pełen bezcennych artefaktów? - zapytałem.

- Nie do końca. W galaktyce krążą nie tylko relikty z Ziemi, ale owszem, podejrzewam, że na tej planecie można znaleźć wiele wartościowych przedmiotów - przyznał. - Rzecz jasna jeśli uda się w międzyczasie nie zginąć.

- O mnie się nie martw - zapewniłem go.

- A właśnie, że się martwię, kapitanie, i dlatego zamierzam zaoferować panu swoje usługi - oświadczył Alphonse.

- To drugi powód, dla którego się tu zjawiłem, Komisarzu. Muszę się dowiedzieć, jak daleko sięga twój dostęp - wyjaśniłem.

– Chodzi panu o to, czy jestem upoważniony do wstępu do obiektu na Priscilli? – zapytał.

– Zgadza się.

– Mam zezwolenie poziom minus dziesięć. Daje mi to dostęp aż do najniższego poziomu głównego laboratorium.

– Aż tam musimy dotrzeć?

Alphonse pokręcił głową.

– Niekoniecznie.

– Co jeszcze zostało? – chciałem wiedzieć.

– Drzwi – odparł. – Bardzo duże drzwi. Za nimi znajdziecie to, czego szukacie. Tylko dwoje ludzi ma dostęp do tego miejsca: główny badacz oraz dowódca bazy. Sugerowałbym tę pierwszą opcję. Oczywiście wszystko zależy od tego, czy tam dotrzecie.

– A ty w to wątpisz, tak?

– Wprost przeciwnie, kapitanie. Pokładam wiarę w pańskie umiejętności. Chodzi jedynie o to, że nigdy dotąd nie próbował pan udawać Komisarza. Zasypią pana pytaniami, na które nie będzie pan znał odpowiedzi. Być może zdecydują się wrzucić pańską twarz do bazy danych. – Westchnął. – A to tylko pan. Jeśli zabierze pan któregoś ze swoich towarzyszy, nie będzie on miał dowodu tożsamości.

„Jasna cholera", pomyślałem. Brzmiało to tak, jakby klęska była czymś nieuchronnym.

– Wolno mi zaproponować inne rozwiązanie? – zapytał Alphonse.

– To zależy – odparłem. – Jeśli chcesz opuścić tę celę, obawiam się, że nie mogę się na to zgodzić.

– A to szkoda. – Ściągnął brwi. – Zamierzałem jedynie powiedzieć, że najlepszym sposobem na zdobycie tego, czego chcecie, jest zabranie mnie ze sobą.

– W życiu – warknąłem.

– Obawiam się, że to najlepsza opcja – rzekł. – Funkcjonariusze ochrony będą chcieli zobaczyć mnie razem z wami. Już tam byłem i znają moją twarz. A przynajmniej ich główna badaczka, doktor Mary Ann Dressler. Istnieje oczywiście ryzyko, że to nie ona się z wami spotka, ale zważywszy na nieoczekiwany charakter waszego przybycia, przypuszczam, że będzie chciała poznać powód, dla którego się zjawiliśmy... dla którego *ja* się zjawiłem.

Jego słowa miały sens, lecz nie zamierzałem mu tego mówić. Alphonse był Komisarzem. Jak mogłem ufać takiemu człowiekowi, nawet jeśli rzeczywiście ocalił Lex przed potencjalnym porywaczem? Mógł coś ukrywać, zresztą miałem co do tego pewność, tyle że musiałem się jakoś dostać do tej bazy i zabrać rdzeń.

Nie, nie mogłem tego zrobić. Nie mogłem wkroczyć do tego obiektu z Komisarzem u boku.

Mogłem?

– Pierdol się, Al – oświadczyłem. Otworzyłem przyciskiem drzwi i wyszedłem na korytarz. – Nie wypuszczę cię stąd.

– To szkoda – odparł i posłał mi blady uśmiech.

Gdy drzwi zaczęły się zamykać, opuściłem broń, nadal nie spuszczając z niego wzroku.

Wziął do ręki tablet i stuknął w ekran.

– Powodzenia na Priscilli – rzucił, po czym usiadł wygodnie po turecku. – Gdyby mnie pan potrzebował, to będę tutaj.

4

– To szaleństwo – orzekła Octavia. Siedziała na swoim wózku na końcu stołu.

– Która część? – zapytałem z przeciwnego końca.

Wokół siedzieli słuchający uważnie Abigail, Hitchens, Freddie i Bolin.

– Ta, w której zasugerowałeś, abyśmy wlecieli w unijną przestrzeń i z rządowego obiektu ukradli rdzeń zasilający – odparła.

– Och, ta. – Machnąłem ręką. – Jasne, może być trochę nieciekawie.

– Mało powiedziane – mruknęła Abigail.

– To jedyna nasza opcja, chyba że macie ochotę spędzić na tym statku pięć kolejnych lat i liczyć, że Unia nas nie dogoni – oświadczyłem.

– Tego także nie możemy zrobić – rzekł Freddie.

– No więc jak ma to wyglądać? – zapytała Octavia. – Zakradniesz się i zwiniesz rdzeń? Co ze środkami zabezpieczającymi?

– Mówisz tak, jakbyś miała pewność, że zostaniemy schwytani.

– A ty myślisz, że do tego nie dojdzie?

– Może i dojdzie– przyznałem. – Tyle że nie widzę innego sposobu.

– Co z Alphonse'em? – zapytała Octavia. – Mówiłeś, że zaproponował, że będzie ci towarzyszył.

– Nie możemy tego zrobić! – zaprotestował Freddie.

– Dlaczego? – chciała wiedzieć Octavia.

– A to nie oczywiste? – zapytał. – On pracuje dla Unii!

– Już nie. Poza tym uratował Lex i dzieli się z kapitanem Hughesem cennymi informacjami. Zapomniałeś już o pelerynie?

– To znaczy? – Na twarzy chłopaka malowała się konsternacja. Odchrząknąłem.

– Wiem od Alphonse'a, w jaki sposób namierzał nas Brigham. To dzięki niemu udało nam się w końcu uciec.

– Mimo to nie można mu ufać – wtrąciła Abigail. – Nie mamy pojęcia, jakie są jego prawdziwe motywy.

Przez chwilę zastanawiałem się nad tym. I Abigail, i Octavia miały rację. Nie mogliśmy zaufać Alphonse'owi, nawet gdybyśmy chcieli, niemniej był nam potrzebny. Wiedziałem o tym już wtedy, kiedy z nim rozmawiałem.

– Sugerujesz, abyśmy przystawili mu broń do głowy? – zapytał Freddie.

– A czemu nie? – zripostowała Abigail.

– Nie sądzę, by pozwolono wam wnieść na Priscillę broń, tak byście mogli mieć kontrolę nad Alphonse'em – stwierdziła Octavia. – Będzie wam potrzebne jakieś lepsze rozwiązanie.

– Może udałoby się to jakoś obejść – rzekłem w końcu. – Moglibyśmy przytwierdzić do niego bombę. Jeśli zacznie coś kombinować... – Uniosłem pięść i rozcapierzyłem palce, imitując eksplozję – ...będzie po Komisarzu.

Freddie otworzył szeroko oczy.

– S-serio?

– Dysponujemy tego rodzaju urządzeniem? – zapytała Octavia, na której moja makabryczna sugestia nie zrobiła większego wrażenia.

– I tu do akcji wkracza Athena – oświadczyłem.

– Witam – odezwała się Athena, pojawiając się nagle za Bolinem i Hitchensem.

– Święci pańscy! – wykrzyknął archeolog, przykładając dłoń do klatki piersiowej.

– Przepraszam – rzekła Kognitywna. – Zdarza mi się zapominać, że takie nagłe pojawianie się bywa dla ludzi niepokojące.

– Nie przejmuj się – rzekłem i machnąłem ręką na Hitchensa. – Nic mu nie jest. No dobrze, Atheno, myślisz, że możesz nam pomóc z Alphonse'em?

– Pańska propozycja jest możliwa do wykonania, aczkolwiek to niebezpieczne i wysoce nieetyczne – odparła. – Muszę przyznać, że mam zastrzeżenia.

– Dla nas to normalne. – Odwinąłem z papierka cukierek o smaku truskawkowym i włożyłem go do ust.

– Czy do wyciągnięcia przedmiotu z obiektu nie dałoby się wykorzystać tych traktorowych promieni? – zapytał Hitchens.

Athena ściągnęła brwi.

– Ten promień nie jest w stanie dosięgnąć z kosmosu powierzchni planety. Musielibyśmy znaleźć się znacznie bliżej. Poza tym brak nam aktualnie wymaganej mocy. Obawiam się także, że tym sposobem wyczerpalibyśmy i tak niewielkie zapasy energii.

– Szkoda – mruknąłem.

– Owszem – przyznała Athena.

– Zostaje nam w takim razie tylko jedno wyjście. – Przesunąłem kciukiem po krawędzi blatu. – Co oznacza, że kolejnym problemem jest obejście ich zabezpieczeń. Większość z nas znajduje się na unijnej liście alarmowej. Będziemy musieli znaleźć sposób na ukrycie naszej tożsamości.

– Jak to zrobimy? – zapytał Hitchens.

Pokręciłem głową.

– Nie mam pojęcia. – Tym razem nie dysponowałem żadnym rozwiązaniem.

– Możecie użyć osobistych tarcz – zaproponowała Kognitywna.

Zaskoczyła mnie tym.

– Tarcz?

– Mogę zmodyfikować je tak, aby zmieniła wasz wygląd, aczkolwiek będziecie musieli uważać, by nikt was nie dotknął – wyjaśniła.

– Dałoby się tak zrobić? – zapytała Abby.

Sztuczna kobieta uśmiechnęła się.

– Będę potrzebowała trochę czasu na naniesienie niezbędnych modyfikacji, ale wydaje mi się, że wyjdę naprzeciw waszym oczekiwaniom.

– Szaleństwo – mruknął Freddie. – Mówimy o wysłaniu tam waszej dwójki w towarzystwie Komisarza, ucharakteryzowanych za pomocą prastarej technologii, abyście mogli ukraść artefakt z jednego z najpilniej strzeżonych miejsc w Unii.

– Do czego zmierzasz? – zapytałem.

Zamrugał, następnie pokręcił głową.

– Och, nieważne.

Wzruszyłem ramionami.

– Dam sobie radę, Fred.

– I co, mam się od razu lepiej poczuć?

– Skąd możemy mieć pewność, że Alphonse mówi prawdę? – odezwała się Abigail. – A jeśli się okaże, że nie jesteśmy w stanie sforsować choćby drzwi wejściowych?

– Poradzimy sobie – zapewniłem ją. – Jeśli dojdzie do najgorszego, wysadzimy ten cały budynek w powietrze.

– Tobie zawsze towarzyszą eksplozje – burknęła.

– To ty przy użyciu moich dział zrobiłaś krater w samym środku Spiketown – odparowałem. – A może wyleciało ci to z pamięci?

Odpowiedziała cierpkim uśmiechem.

Bolin, który aż do teraz milczał, oparł się łokciem o blat.

– Co mogą zrobić pozostali? – zapytał.

– Zostać na Tytanie i chronić to, co jest ważne – odparłem. – Jeśli się nam nie uda, wtedy przechodzicie do opcji numer dwa. Ucieczka i ukrywanie się.

Przez chwilę wszyscy milczeli.

– Nie możecie zrobić tego sami – odezwał się w końcu Freddie. – Idę z wami.

Pokręciłem głową.

– Chyba zwariowałeś. Nie możemy narażać zbyt wielu osób. Wystarczy, że będzie nas dwoje.

– Nic sądzi pan, że mógłbym się przydać?

– Nie, uważam, że przed tego typu akcją potrzebujesz się jeszcze podszkolić. – Spojrzałem na Abigail. – Zgadzasz się ze mną?

Zerknęła na Freddiego, po czym kiwnęła głową.

– To musi być mały zespół. Im mniej osób, tym lepiej.

– Jace ma rację – mruknęła Octavia. – Musimy mieć po prostu nadzieję, że dadzą sobie radę. Zawsze dają.

Abigail spojrzała na Athenę.

– Możemy raz jeszcze zajrzeć do tej twojej zbrojowni?

– Naturalnie – zgodziła się Kognitywna. – Chętnie będę wam towarzyszyć.

Po spotkaniu nie od razu wyszedłem z sali. Zauważyłem, że Freddie stoi pogrążony w myślach, ze wzrokiem wbitym w ziemię.

Znałem powód. Chciał pomóc, tak jak zawsze. Poczynił spore postępy od czasu, kiedy go poznałem, miał już nawet na sumieniu pierwsze zabójstwo, ale to za mało, aby zabezpieczać tego rodzaju misję. Sporo jeszcze przed nim nauki.

– Fred? – Klepnąłem go w ramię.

– Co? – zapytał, mrugając przy tym. – Och, przepraszam, kapitanie.

– Co się dzieje? – zapytałem.

– Tak sobie tylko myślę.

– O czym?

Przez chwilę się wahał.

– O niczym ważnym. Muszę porozmawiać z Atheną o swojej prośbie.

– No tak. – Przypomniały mi się jego słowa z mostku. – A nie zająłeś się już tym?

Obok mnie pojawiła się Athena.

– Chciałeś ze mną rozmawiać, Fredericku?

Zaskoczony Freddie podskoczył.

– Ach!

Zachichotałem.

– No to pytaj.

– Ja… eee… – zaczął. – Tak sobie pomyślałem, że może masz coś, co pomogłyby mi udoskonalić moje umiejętności, Atheno. Może jakiś program szkoleniowy?

– Jakiego rodzaju umiejętności? – zapytała Kognitywna.

– Wydaje mi się, że Freddie chce, abyś pomogła mu nauczyć się zabijać ludzi – powiedziałem za niego.

Chłopak otworzył szeroko oczy.

– Kapitanie! Nie o to mi chodziło.

– Pewnie, że o to. Mów otwarcie o tym, czego chcesz. Oszczędzi ci to więcej czasu, niż jesteś sobie w stanie wyobrazić.

– Chyba już rozumiem – stwierdziła Athena. – Fredericku, czy możesz dołączyć do mnie w Sekcji Zero Osiemnaście na Pokładzie Zero Cztery?

Szybko pokiwał głową.

– Zaraz tam będę!

Zniknęła.

– Doskonale – rozległ się jej głos. – Wobec tego do zobaczenia.

– Ciekawi mnie, czego zamierza cię uczyć – rzekłem, drapiąc się po uchu.

– Mnie też. – Freddie zaczął się oddalać. – Dam panu znać jak mi idzie!

– Jasna sprawa. Tylko nie zrób niczego głupiego.

5

Ja i Abigail spotkaliśmy się w zbrojowni w nadziei na lepsze przygotowanie się do czekającej nas misji. Zamierzałem zabrać kilka tarcz, nie miałem jednak wcześniej czasu na przejrzenie pozostałego arsenału. Musiałem być gotowy na to, że jeśli plan się nie powiedzie, znajdziemy się na linii ognia.

Kurde, kogo ja próbowałem oszukać? Zamierzaliśmy dostać się do jednego z najlepiej strzeżonych obiektów w unijnej przestrzeni. Zwykła strzelanina to najmniejsze z moich zmartwień.

– Okej, Abby – rzekłem do niej, gdy stanęliśmy między dwoma rzędami szafek. – Czego szukamy?

– Broni – odparła. – A czegóż by innego?

– Nie wiem, jakiej innej odpowiedzi się spodziewałem – przyznałem. – Athena! Jesteś tu?

Pojawiła się kilka metrów przed nami.

– Witam. Odłożyłam kilka rzeczy pod waszą rozwagę. Proszę za mną.

Odwróciła się i zaczęła iść w stronę ściany na drugim końcu

pomieszczenia. Udaliśmy się za nią, mijając po drodze kilkadziesiąt zapieczętowanych szafek. Zastanawiało mnie, co się w nich
kryje.

Postanowiłem, że poczekam z pytaniami, dopóki nie zobaczę,
co dla nas przygotowała.

Athena zaprowadziła Abby i mnie do dużego stołu, na którym
ułożono starannie różne przedmioty. Kilka od razu rozpoznałem,
na przykład moduły tarczy, którą tego dnia testowaliśmy. Jednak ani śladu po elektrycznych kijach.

– Każdy z tych przedmiotów został wybrany po to, aby pomóc
w realizacji waszej misji – rzekła Kognitywna. – Istnieją lepsze ro-
dzaje broni, jednak z powodu ograniczonej biologii nie bylibyście
się nią w stanie posługiwać.

– Ograniczonej biologii? – zapytałem.

– Chodzi jej o to, że nie mamy cech Lex – wyjaśniła Abby.

No jasne. Przebywając na Tytanie, zauważyłem, że nie mogę
nawiązywać interakcji z pewnymi urządzeniami, w tym zamkniętymi drzwiami i przejściami. Wpuszczać mnie musiała Athena
i czasem stanowiło to problem. Na przykład na mostek nie dało
się wejść bez jej pozwolenia, za to Lex nie miała z tym żadnego
problemu. To samo tyczyło się zbrojowni oraz górnych pokładów.

– Co dla nas masz? – zapytałem.

– Broń lżejszego typu – poinformowała Athena. – Mamy tutaj
AD sześćset dziewiętnaście, jak również SS dwieście dwadzieścia
trzy. Obie mogą strzelać pojedynczymi pociskami i seriami. Kule
to amunicja z rafinowanego włókna węglowego, na tyle mocna,
aby przeszyć większość metali przemysłowych. Jednocześnie pozostaje niewidoczna dla większości skanerów i urządzeń inspek-
cyjnych, aczkolwiek to akurat założenie czynię w oparciu o bazę
danych waszego statku.

– Czyli nie masz pewności – stwierdziłem.

– Materiał wykorzystywany do tworzenia całego tego sprzętu wymaga zaawansowanych zdolności detekcyjnych i nie wydaje mi się, aby znajdował się on w posiadaniu Unii. Jednakże zważywszy na blokadę informacji otaczającą wasz cel nie mogę mieć co do tego pewności – wyjaśniła Athena.

– Jeśli coś pójdzie nie tak, po prostu wszystkich pozabijamy – oświadczyła Abigail.

– I takie nastawienie mi się podoba – rzekłem, biorąc do ręki pistolet. Obróciłem go, badając ciężar. Okazał się wyjątkowo dobrze wyważony, lepiej niż moja standardowa broń. Rękojeść była gładka i wygodna, jakby wykonana z myślą o mojej dłoni. – Niezły – stwierdziłem.

– Następnie widzicie wasze tarcze. Są w pełni naładowane i zniosą wiele bezpośrednich trafień. Niemniej sugeruję ostrożność. Dodatkowo przekonacie się, że zostały wyposażone w alternatywne tożsamości, co pomoże wam podczas misji.

Abigail wzięła ze stołu tarczę i umieściła ją na ramieniu. Na chwilę rozjarzyła się kolorem zielonym, następnie zniknęła, łącząc się z jej skórą. Już miałem zapytać, kiedy zacznie działać, wtedy jednak twarz Abigail nagle się zmieniła. Oczy zrobiły się ciut mniejsze, włosy stały czarne, a kolor skóry – o kilka odcieni ciemniejszy.

Zamrugałem, zaskoczony drastycznością tej zmiany.

– O co chodzi? – zapytała, dostrzegając moją minę.

Słysząc jej głos, otworzyłem buzię ze zdumienia. Brzmiał inaczej, bardziej chrapliwie.

– Ja pierdolę – wyrzuciłem w końcu z siebie.

– No co? – Spojrzała na Athenę. – Jest zepsuta?

Kognitywna pstryknęła palcami i ściana za nią uległa zmianie, prezentując nowe ciało Abigail.

– Pani nowy model, panno Pryar.

Abigail gapiła się przez chwilę na siebie, omiatając spojrzeniem ręce, biodra i nogi.

– Nieźle – orzekła w końcu.

Chwyciłem ze stołu drugą tarczę i przyczepiłem ją sobie do ramienia.

– Zobaczmy, co się stanie ze mną.

Dojrzałem w swoich oczach niebieski błysk, ale poza tym nic się nie wydarzyło.

– Działa? – zapytałem, patrząc na swoje dłonie. Wyglądały podobnie do tych prawdziwych.

Abigail zachichotała, zasłaniając przy tym usta.

– Co cię tak bawi? – chciałem wiedzieć.

– Wyglądasz… inaczej – odparła po chwili.

– Athena, pozwól mi to zobaczyć.

Pstryknęła ponownie palcami i ekran się zmienił. Widać było na nim wysokiego mężczyznę z siwymi włosami i workami pod oczami. Nie, to zmarszczki. Był stary. Za stary, do diaska.

– Jesteś dziadkiem! – zaśmiała się Abigail.

– Athena! – warknąłem. – Co to ma znaczyć?

– To pańskie przebranie – wyjaśniła Kognitywna.

– Wyglądam, jakbym miał się zaraz przekręcić – stwierdziłem.

– Zważywszy na to, że próbuje pan ukryć swoją tożsamość, czy coś takiego nie stanowi najlepszego rozwiązania? – zapytała Athena. – W ogóle nie przypomina pan prawdziwego siebie.

– Ona ma rację – przyznała Abigail. – Dobra robota, Atheno.

– Dziękuję, panno Pryar.

– Sami wrogowie wokół mnie. – Pokręciłem głową. Pomacałem ramię, zlokalizowałem urządzenie i je wyłączyłem. Na ścianie za Atheną natychmiast pojawiłem się dawny ja. – Co następne na liście? – Dostrzegłem na stole niewielkie kwadratowe pudełko. – Wygląda jak prezent.

Athena zdjęła z niego wieko i położyła kilka centymetrów dalej. W środku ujrzałem małą laskę o długości mniej więcej trzydziestu centymetrów. Wyjęła ją z pudełka i ostrożnie wręczyła Abigail.

Była mniszka wzięła ją od niej z ciekawością, widać było jednak, że nie ma pojęcia, co to takiego ani co ma z tym zrobić.

– Proszę dotknąć tego białego nacięcia pod spodem – rzekła Athena.

Abigail obróciła laskę w dłoni i znalazła to miejsce, następnie przyłożyła do niego palec wskazujący.

Na przeciwnym końcu pojawiły się nagle iskry, a Abigail wydała okrzyk zaskoczenia.

– Hej, spokojnie – rzekłem, robiąc krok w tył.

– Tak, proszę o ostrożność – zgodziła się Athena. – To miniaturowa wersja kija, którego używała pani dziś rano. Wybrałam akurat ten, gdyż łatwiej go ukryć. – Dotknęła dłoni Abigail i zacisnęła jej palce na elektrycznej części przedmiotu. Iskry przeszły prosto przez jej dłoń. – A jeśli się tu przekręci…

Obróciła laskę, po czym ją puściła, pozwalając, by druga połowa wysunęła się, prezentując całą długość.

Abigail była tak zaskoczona, że mało jej nie wypuściła z ręki.

W tym rozmiarze przypominała pałkę, długą mniej więcej na metr. Nadal pozostawała mniejsza od tamtego kija, ale mogła się okazać bardziej przydatna.

– Moja rada to rozsunięcie urządzenia, a dopiero potem aktywowanie wiązki elektrycznej – rzekła Kognitywna.

– Rozumiem – mruknęła Abigail. – Uniosła pałkę, przyjrzała się światłu emitowanemu przez drugi koniec, następnie oparła broń o podłogę. Towarzyszył temu głuchy odgłos, który rozbrzmiał echem w otwartej przestrzeni zbrojowni. Abigail wyszczerzyła się. – Interesujące.

– Cieszy mnie to, że podoba się pani ta broń – rzekła Athena. – Kapitanie, wyjąć drugą dla pana?

Zerknąłem na laskę i pokręciłem głową.

– Zdecydowanie wolę pistolet.

– Twoja strata – rzuciła Abigail.

– Kiedy już Tytan odzyska pełną moc, zapewniam, że nasze uzbrojenie ulegnie znaczącej poprawie – powiedziała Kognitywna. – To tylko jeden z wielu powodów, dla których musimy zdobyć ten trytowy rdzeń.

– Myślę, że damy sobie radę – stwierdziła Abigail, składając laskę. – Zgadzasz się ze mną, Jace?

– Pytasz, czy nasz skok zakończy się sukcesem? – Posłałem jej przebiegły uśmiech. – Nie martwcie się, moje panie. Urodziłem się z wytrychem w ręce. Ten rdzeń jest już nasz.

Windą wróciłem na pokład, gdzie czekał mój statek. Gdy tylko otworzyły się drzwi, dobiegł mnie czyjś śmiech.

To była Lex, goniąca córkę Bolina Camillę.

– Nie złapiesz mnie! – zawołała starsza z dziewcząt.

Ze śmiechem przybiegły w moją stronę, mało na mnie nie wpadając. Na szczęście zdążyłem się odsunąć.

– Co tu się dzieje? – zapytałem.

Zdyszana Lex zatrzymała się.

– Przepraszamy, panie Hughes!

– Dobrze się bawicie?

– Eksplorujemy – wyjaśniła dziewczynka.

Spojrzałem na Camillę.

– Zgadza się?

Kiwnęła głową.

– Lex umie nas wpuścić do każdego pomieszczenia, postanowiłyśmy więc sprawdzić, co jeszcze uda nam się znaleźć.

– W porządku, bylebyście nie opuszczały tego pokładu – rzekłem. – Nie zbadaliśmy jeszcze górnych poziomów. Nie mogę dopuścić do tego, abyście przypadkowo wpadły do jakiejś śluzy.

Popatrzyły na siebie.

– Śluzy? – zapytała Camilla, nagle przerażona.

– Aha, więc lepiej uważajcie. Nie bez powodu niektóre miejsca pozostają szczelnie zamknięte.

Lex przełknęła ślinę.

– Naprawdę?

– Tak, ale nie przejmuj się, mała. Trzymajcie się tego pokładu i bądźcie ostrożne. Camilla się tobą zaopiekuje – rzekłem, patrząc na starszą z nich. – Prawda?

Podbiegła do Lex i wzięła ją za rękę.

– Prawda. Nie pozwolę, aby cokolwiek ci się stało, Lex. Obiecuję.

Lex uśmiechnęła się.

Przyglądałem się, jak wracają biegiem na korytarz, po czym kierują się w stronę stołówki. „Kryzys zażegnany”, pomyślałem. Ostatnie, czego nam było trzeba, to aby ta dwójka gdzieś się zgubiła, aczkolwiek nie sądziłem, aby w obecności Atheny do tego doszło.

No ale przecież przebywałem tu dopiero od trzech dni, a to za mało czasu na zbadanie każdego zakamarka.

Z tego co mi było wiadomo, tatuaże Lex mogły ją zaprowadzić

do bomby o mocy wystarczającej do wysadzenia w powietrze małej planety. Kto wie, co ukrywał w sobie ten księżyc?

Tak czy inaczej jutro czekała mnie robota do wykonania. Jeśli miałem być wtedy w szczytowej formie, potrzebowałem kilku drinków i porządnego snu.

6

Pewnego dnia, Jacey... dowiesz się, co to znaczy być mężczyzną, usłyszałem jakiś głos. *Pewnego dnia dowiesz się... jak to jest być mną...*

Otworzyłem oczy i dopiero po chwili zorientowałem się, gdzie jestem. Otarłem ręką mokre od potu czoło.

– Bogowie – mruknąłem. Oblizałem spierzchnięte usta i przełknąłem ślinę.

Usiadłem na łóżku, czując się tak, jakbym miał kaca. Zerknąłem na stolik i dostrzegłem na wpół opróżnioną butelkę whiskey.

To wszystko wyjaśnia, pomyślałem.

– Dzień dobry panu – odezwał się Sigmond. – Czy mogę coś dla pana zrobić?

– Jaki jest aktualny status Tytana? – zapytałem.

– Athena poinformowała mnie, że jesteśmy niemal u celu – wyjaśniła AI. – Zostały niecałe dwie godziny.

Kusiło mnie, aby zdrzemnąć się jeszcze i spróbować pozbyć tego kaca, ostatecznie jednak wstałem i z szafki wyjąłem jedną z ostatnich pigułek. Polynex, stosowany w przypadku bólu głowy i odwodnienia. Popiłem pastylkę dwiema szklankami wody.

Lek zaczął działać, kiedy stałem pod prysznicem. Miałem wrażenie, że z piersi zdjęto mi ogromny ciężar. A kiedy się ubrałem, przepełniała mnie energia.

– Siggy, powiedz Octavii, że czekam na nią w celi Alphonse'a.

– Oczywiście, proszę pana.

W kilku kęsach pochłonąłem baton proteinowy, popijając go wodą z dzbanka. Powinno mi wystarczyć na jakiś czas. Jako Renegat nauczyłem się, aby nigdy zbyt dużo nie jeść przed robotą ani zaraz po niej. Nerwy mogą nieźle zaszkodzić, a ostatnie, czego potrzeba w takiej chwili, to niekontrolowane pozbycie się lunchu.

Tak już było w tego rodzaju profesji. Kiedy pojawia się adrenalina, trzeba być na nią gotowym, a odpowiednia rutyna wszystko ułatwia.

Szybkim krokiem przeszedłem przez hangar, kierując się ku windzie, która zabrała mnie na pokład, gdzie umieściliśmy Alphonse'a.

Ku memu zaskoczeniu Octavia już na mnie czekała.

– Nie spieszyłeś się, co? – zapytała zaraz po tym, jak drzwi windy rozsunęły się.

Wpatrywałem się w nią przez chwilę i zastanawiałem, jak to możliwe, że osoba na wózku potrafi poruszać się tak szybko.

– Pilnuj swojego nosa, paniusiu.

– Jesteś gotowy? – zapytała, ignorując moje słowa.

Podszedłem do niej i zatrzymałem się tuż przed drzwiami.

– Zawsze jestem – odparłem, zerkając na nią.

– Jeśli będzie coś kombinował…

– Zabiję go – zapewniłem.

Kiwnęła głową.

– Tylko jeśli się będzie źle zachowywał.

– Zobaczymy.

Kiedy otworzyłem drzwi, Alphonse stał obok łóżka. Był bez koszuli, a w jego brzuchu tkwiła ręka Atheny.

– Co to ma, u licha, być? – mruknąłem, przyglądając się obojgu.

Athena cofnęła rękę.

– Przepraszam – rzekła. – Umieszczałam właśnie urządzenie.

– Bombę – doprecyzował rzeczowo Alphonse.

– Rozumiem, że się udało? – zapytałem.

Alphonse spojrzał na Athenę.

– Nie mam pewności. Udało?

– Zgodnie z pańską prośbą, kapitanie Hughes – odparła Kognitywna.

– Świetnie – rzekłem. – Jeśli do czasu powrotu do tego pokoju będziesz coś kombinował, wysadzimy cię w powietrze. Słyszysz mnie?

– Słyszę – odparł.

Schowałem pistolet do kabury i wyszliśmy na korytarz. W międzyczasie nie spuszczałem z Alphonse'a wzroku. Octavia siedziała na wózku w tym samym miejscu, co przed chwilą.

– Komisarzu – rzekła, skinąwszy głową.

– Panno Brie. – Odpowiedział w taki sam sposób.

– Obaj macie być grzeczni – rzuciła do nas.

– Miłego siedzenia – burknąłem.

– Bardzo śmieszne – odparła, kiedy wsiadaliśmy we dwóch do windy.

A kiedy zasuwały się drzwi, posłała mi blady uśmiech.

Gdy zjeżdżaliśmy na jeden z niższych poziomów, gdzie czekał mój statek, Alphonse oparł się o ścianę.

– Mam nadzieję, że zaplanował pan sobie, w jaki sposób ukryje własną tożsamość, kiedy…

– O mnie się nie martw – przerwałem mu. – Po prostu niczego nie schrzań.

– Jeśli tak zrobię, obaj będziemy martwi. – Położył dłoń na brzuchu. – Przypuszczalnie ja bardziej niż pan.

Nie sprawiał wrażenia przerażonego czy podekscytowanego; zamiast tego emanował z niego spokój, tak jak się można spodziewać po Komisarzu.

Chwilę później weszliśmy do Gwiazdy. Abigail z karabinem w ręce siedziała na kanapie.

– Czas najwyższy – rzuciła na nasz widok i natychmiast wstała.

– Przepraszamy, że musiała pani czekać – powiedział Alphonse.

– Nie przepraszaj mniszki – rzekłem do niego. – Siggy, przygotuj silniki. Alphonse, zajmij miejsce.

– Już się robi, proszę pana – odparł Sigmond.

– Powinniśmy spodziewać się kłopotów z twojej strony? – zapytała Abigail ze wzrokiem wbitym w Komisarza.

– Nie przejmuj się nim – odparłem zamiast niego. – Chodź ze mną do kokpitu, Abby.

– Zamierzasz zostawić go tu samego? – zdziwiła się.

– A co niby miałby zrobić? – zapytałem. – Jeśli nie wypełni rozkazów, to eksploduje.

– A naprawdę nie chcę eksplodować – dodał Alphonse.

– Widzisz? Chodźmy. – I chwyciłem ją za rękę.

Przeszliśmy razem do przedniej części statku i zamknąłem za nami drzwi.

– Co się stało? – zapytała i nachyliła się ku mnie, jakby się spodziewała, że zdradzę jej jakiś sekret.

Wzruszyłem ramionami i klapnąłem na swój fotel.

– Nic. – Spod konsoli wyjąłem butelkę whiskey oraz dwie szklanki. – Chciałem się jedynie napić.

– Napić? Czy ty naprawdę zamierzasz…

– Zawsze tak mam przed robotą. Tak funkcjonuję i już. Zamierzasz uraczyć mnie wykładem czy przyłączysz się do mnie?

– Nie sądzisz, że robienie tego przed operacją to kiepski pomysł?

– I taki właśnie jest z tobą problem, Abby – westchnąłem, nalewając do obu szklanek odrobinę trunku. – Ty nazywasz to operacją. Jesteś zbyt spięta.

Wyciągnąłem w jej stronę rękę ze szklanką.

– Niech ci będzie – powiedziała po chwili. – Ale tylko jedna.

Wyszczerzyłem się.

– Grzeczna mniszka.

– Mówiłam ci, abyś przestał nazywać mnie mniszką. – W jej głosie słychać było rozdrażnienie.

Stuknęliśmy się szklankami, po czym uniosłem swoją.

– Wypijmy za… – urwałem, zastanawiając się.

– Za nas – dokończyła, unosząc swój drink.

Uśmiechnąłem się.

– Parę głupców na statku w księżycu frunącym przez Slipspace.

Ponownie stuknęliśmy się szklankami, następnie wypiliśmy szybko ich zawartość. Zapiekło, jednak nie narzekaliśmy.

– Jeszcze? – zapytałem.

Pomachała ręką.

– Nie teraz. Później, kiedy skończymy.

Kiwnąłem głową i odstawiłem pustą szklankę.

– Kiedy skończymy.

Tytan opuścił tunel i wleciał do układu Navi. Był on przeważnie pusty i mieścił się na terytorium Unii. Tutaj wsiądziemy w Zbuntowaną Gwiazdę i przefruniemy przez kolejny tunel, aby dostać się do Priscilli.

W tym czasie Tytan utworzy nowy tunel prowadzący na planetę i pozostanie w nim dopóty, dopóki nie minie pewien czas. Wtedy księżyc wyłoni się z tunelu, zabierze nas na pokład i wyniesiemy się stąd, nim zleci się cała cholerna unijna flota.

Athena zasugerowała, abym umieścił na swoim statku wyspecjalizowane miny bliskiego zasięgu. Początkowo odmówiłem, bo nie miałem doświadczenia w ich używaniu. Gdy jednak nalegała, w końcu ustąpiłem.

Gdy stare miny zastąpione zostały nowymi, postanowiłem zaczekać na Gwieździe aż do wylotu.

– Wszystko gotowe? – zapytałem w kokpicie.

Obok mnie siedziała Abigail odziana w pancerną zbroję. Jasne włosy związała w kucyk, a u boku miała karabin. Wyglądała jak bojowniczka, której celem jest zabijanie.

Musiałem przyznać, że podoba mi się ten widok.

– Zbuntowana Gwiazdo, możecie startować – rozległ się w głośnikach głos Atheny.

– Oto twoja odpowiedź – rzekła Abby.

– Jeśli ty jesteś gotowa, to ja także.

– Jedno pytanie. Skąd będziemy wiedzieli, kiedy i gdzie spotkać się z Tytanem po opuszczeniu planety? – zapytała Abigail.

– Sigmond dysponuje tymi informacjami – wyjaśniłem i zacisnąłem dłonie na drążkach.

Poczułem, jak silniki się zapalają, unosząc nas z lądowiska. Statek przez chwilę wibrował, dopóki nie uruchomiły się stabilizatory.

– Zgadza się – odezwał się Siggy. – Athena powinna się zjawić mniej więcej dwie godziny po naszym wylądowaniu na Priscilli. Kilka minut przed tym czasem będziecie musieli stawić się na pokładzie tego statku.

– Dwie godziny na kradzież rdzenia? – zapytała Abigail. – Wystarczy nam tyle czasu?

– Będzie musiało – odparłem. Pchnąłem dźwignię i Gwiazda ruszyła przed siebie. – Tytan nie ma na tyle energii, aby przebywać zbyt długo w Slipspace. Zresztą to samo mówi mi Athena.

– Zgadza się – potwierdziła Athena. – Konieczne jest, abyście dostarczyli trytowy rdzeń, zanim wyczerpią się rezerwy paliwa.

– Zero presji – rzuciłem do Abby.

Zbuntowana Gwiazda wyfrunęła z hangaru Tytana na otwartą przestrzeń. Chwilę później Tytan wyemitował ogromną wiązkę, tworząc tym samym szczelinę przestrzeni i nowy tunel.

Wlecieliśmy do niego jako pierwsi, a w ślad za nami ta megakonstrukcja wielkości księżyca.

Dotarcie na drugi koniec tunelu zajęło nam tylko dziesięć minut. Wyłoniliśmy się z niego sami. Choć wiedzieliśmy, że tak się stanie, mimo wszystko zaskoczył mnie fakt, że Tytan za nami nie podążył. Athena mi powiedziała, że pozostaną w tunelu, jednak po raz pierwszy byłem świadkiem sytuacji, kiedy jakiś statek z niego nie wyleciał. Bez względu na to, z czego zrobiono Tytana i z jakiej technologii korzystali jego inżynierowie, nie dało się zaprzeczyć, że to prawdziwy cud techniki.

– Dotarliśmy na miejsce – oznajmił Sigmond. – Kierujemy się na Priscillę.

– Nie licząc rdzenia, myślisz, że z tego obiektu warto zabrać coś jeszcze? – zapytała Abigail.

– Też się nad tym zastanawiałem – przyznałem. – Nie dowiemy się tego, zanim nie znajdziemy się w środku. Nasze zadanie to kradzież rdzenia, ale może nam się poszczęści i buchniemy coś jeszcze.

– Trzymam kciuki, aby to było coś fajnego – rzekła i puściła do mnie oko.

Zaskoczyła mnie tym. Flirtowała ze mną? Żartowała? Odsunąłem od siebie te pytania. „Skup się na robocie, Jace", pomyślałem.

Na konsoli rozświetlił się hologram, pokazując planetę i naszą trasę. Miejsce lądowania znajdowało się blisko wybrzeża największego kontynentu, jakieś dwadzieścia kilometrów od morza. Wylądujemy tam za niecałe pięć minut.

– No dobrze – rzekła Abby, nachylając się w stronę widniejącej na konsoli planety.

– Nie twierdzę, że nie da się ukraść paru dodatkowych rzeczy – dodałem ze znaczącym uśmieszkiem. Dotknąłem kciukiem kiwającej się głowy Foxy Stardust. – Nigdy nie wiadomo, na co się trafi.

Wlecieliśmy na orbitę i przygotowaliśmy się do lądowania. Ten proces nie potrwa długo. Może z osiem minut.

Gdy zbliżaliśmy się w stronę obiektu, w głośnikach rozległ się głos.

– Nadlatujący statku, proszę się przedstawić.

Stuknąłem w konsolę, otwierając połączenie.

– Tutaj komisarz Alphonse Malloy, proszę o zgodę na lądowanie.

– K-komisarz? – zapytała osoba na drugim końcu.

– Zgadza się – odparłem. – Mam dokonać niezapowiedzianej inspekcji. Mój kod autoryzacji to sześć jeden dziewięć dwa-osiem osiem trzy.

Przez chwilę panowała cisza.

– Kod autoryzacji przyjęty. Witamy na Priscilli, sir.

Uśmiechnąłem się w chwili, kiedy przebiliśmy się przez chmury, następnie rozłączyłem się i spojrzałem na Abigail.

– Gotowa na to, aby być kimś innym?

Wzięła do ręki karabin i przytwierdziła sobie tarczę do ramienia. Rozległo się ciche kliknięcie i wokół niej pojawiła się niebieska poświata, z miejsca zmieniając jej twarz i ciało.

– Gotowa – potwierdziła.

Poszedłem w jej ślady, aktywując tarczę w chwili, kiedy Zbuntowana Gwiazda wylądowała. Zerknąłem w lustro po lewej stronie i zarejestrowałem siwe włosy.

– Okej – rzuciłem, zerkając na Abby. – No to idziemy ukraść rdzeń.

7

Na lądowisku czekało na nas sześciu uzbrojonych mężczyzn odzianych w unijne mundury wojskowe. Za nimi stała kobieta w okularach i z malującą się na twarzy powagą. Była szczupła i miała krótkie czarne włosy. Gdyby nie ta poważna mina, może i uznałbym ją za atrakcyjną.

Okej, nawet z tą miną.

– Witamy na Priscilli – powiedziała kobieta z silnym, nieznanym mi akcentem. – Nazywam się doktor Dressler. Poinformowano mnie, że zjawiliście się tu w celu dokonania inspekcji. Zgadza się?

– Owszem – odparł Alphonse, obdarzając ją sympatycznym uśmiechem. – Przepraszam za ten niezaplanowany wcześniej przylot, ale moi przełożeni pragnęli uzyskać ocenę zgodności niniejszego obiektu.

Dressler spojrzała na swój tablet, następnie na nas.

– Wolno mi zapytać, kim są pańscy towarzysze? Nie mamy ich w naszym rejestrze.

– Komisarze – odparł spokojnie Alphonse. – Zgodnie z aktualnymi zadaniami ich tożsamość pozostaje tajna. – Wskazał na mnie, następnie na Abby. – Ręczę za oboje. To wszystko, co musicie wiedzieć.

– W porządku, niemniej muszę prosić o to, aby na czas inspekcji złożyli broń. To kwestia protokołu.

Alphonse spojrzał na mnie, a ja lekko skinąłem głową.

– Dobrze – zgodził się Komisarz.

Zarówno ja, jak i Abigail oddaliśmy swoją główną broń, nie wspomnieliśmy jednak ani słowem o pistoletach z Tytana, które pozostawały ukryte pod naszymi ubraniami.

– Możemy przejść do inspekcji? – zapytał Alphonse. – Czeka mnie dziś jeszcze kilka innych zadań i wolałbym, abyśmy się streszczali.

– Streszczali? – zapytała Dressler.

– Nie spodziewam się wykrycia niczego niezwykłego. Prowadzony przez panią obiekt jest jednym z najlepszych, pani doktor.

– Dziękuję. – Skłoniła się. – Zatem proszę za mną. Chętnie was oprowadzę.

Alphonse udał się za nią jako pierwszy, my zaraz za nim. Tyły zamykali żołnierze Unii, to znaczy do czasu, aż dotarliśmy do głównego budynku. Pozostali na zewnątrz, co sugerowało, że mamy przepustki.

Gdy tylko weszliśmy do środka, zza niewysokiego kontuaru wstał jakiś człowiek. Poprosił Alphonse'a, by ten przyłożył kciuk do niewielkiego płaskiego urządzenia. Komisarz tak zrobił i urządzenie rozbłysło na zielono.

„To pewnie test krwi", pomyślałem.

Następny był skan siatkówki. Alphonse nachylił się i przez jego twarz prześlizgnęła się niebieska linia.

– Tożsamość potwierdzona – oświadczyła AI tego obiektu.

Kiedy Abby i ja także zostaliśmy poddani krótkim procedurom potwierdzającym naszą tożsamość, doktorka odwróciła się i rzekła:

– Rozpoczniemy od sekcji szóstej?

– Wolałbym od trzynastej – odparł Alphonse.

Dressler wydawała się zaskoczona.

– Tak szybko?

Komisarz kiwnął głową.

– Jak już mówiłem, nie mamy dużo czasu, pani doktor. Zacznijmy od tego, co najważniejsze. Chcę mieć pewność, że w razie konieczności skrócenia inspekcji nie zostanie to pominięte.

– Skrócenia inspekcji? – zdziwiła się.

– W jednym z okolicznych układów pewna kwestia problematyczna może wymagać mojej uwagi – skłamał Alphonse. – Gdyby moja obecność okazała się tam niezbędna, wolałbym być już po kontroli waszego najważniejszego magazynu.

– Proszę wybaczyć ciekawość, Komisarzu, ale co to za kwestia? – zapytała.

– Ściśle tajna – odparł. – Taka, o której nie wolno mi opowiadać. Niemniej zdradzę, o co chodzi, w imię bezpieczeństwa publicznego.

Zawahała się.

– Terroryzm?

Uśmiechnął się.

– Bardzo jest pani przenikliwa. Obawiam się jednak, że więcej na ten temat nie wolno mi powiedzieć. Z pewnością rozumie to pani.

– Naturalnie. – Odpowiedziała uśmiechem. – Proszę za mną.

Musiałem przyznać, że Alphonse zaimponował mi umiejętnością improwizacji. Zdecydowanie miał talent i pewnie właśnie dlatego zrekrutowano go do Komisariatu.

Dressler zaprowadziła nas do windy. Aktywowała ją za pomocą odcisku kciuka, następnie wcisnęła guzik oznaczający trzynasty poziom. Stałem w milczeniu obok Abigail, zastanawiając się, co u licha sobie myślałem, wyrażając zgodę na tę akcję.

Wymacałem rękojeść swojego pistoletu, po to tylko, by się upewnić, że go mam. Nie znosiłem znajdować się tak blisko Unii.

Drzwi rozsunęły się i policzki owiał mi chłodny wiatr. Miałem wrażenie, że temperatura obniżyła się o co najmniej dziesięć stopni.

– Tędy, Komisarzu – powiedziała Dressler. – Wszystko wygląda tak samo jak podczas pańskiej ostatniej bytności.

Wyszliśmy do holu w kształcie krzyża, a każdy odchodzący od niego korytarz kończył się wielkimi podwójnymi drzwiami.

Miałem ochotę zapytać, po co komu takie ogromne drzwi, ugryzłem się jednak w język.

Doktor Dressler podeszła do umieszczonego na ścianie niedużego skanera i przyłożyła do niego oko.

– Tożsamość potwierdzona – powiedziała AI.

Drzwi się rozsunęły. Na widok tego, co ujrzałem po drugiej stronie, zamarłem.

Był to ogromny magazyn pełen półek i skrzyń. Setki, a może i tysiące rzędów. Zerknąwszy przelotnie na ten najbliższy, dostrzegłem znajomy przedmiot – stary relikt z Ziemi, oznaczony i opisany. Wyglądało na to, że nasze podejrzenia okazały się słuszne i Unia rzeczywiście gromadziła artefakty. Przypuszczalnie od wielu dekad, może dłużej.

Mogłem sobie tylko wyobrazić reakcję Freddiego. Albo Hitchensa. Może chociaż im te stare świecidełka coś by mówiły, bo mi na pewno nie.

To jednak nie oznaczało, że paru nie mogłem gwizdnąć.

– Proszę prosto – rzekła Dressler, patrząc na mnie.

Wyglądało na to, że tak się zaaferowałem miejscem, w którym się znalazłem, że pozostałem z tyłu.

Gdy dogoniłem pozostałych, nasza przewodniczka zaprowadziła nas na sam koniec tego gigantycznego pomieszczenia.

Nie było tu drzwi, lecz przejście prowadzące do małego pomieszczenia, nie większego niż salon na moim statku. Wzdłuż wszystkich ścian stały regały z półkami, pośrodku zaś stół.

Dressler przeszła do prawego rogu.

– Verdan – rzekła.

– Tak, pani doktor? – zapytała AI. Jej głos dochodził gdzieś znad naszych głów.

– Otwórz skarbiec dwa siedem jeden – nakazała Dressler.

Już-już miałem zapytać, po co komu aż tyle skarbców, znowu jednak ugryzłem się w język.

Półki przed Dressler kliknęły, cofnęły się w stronę ściany, następnie przesunęły na bok. Przez ile ukrytych pomieszczeń musieliśmy przejść? Doktorka pokazała, byśmy poszli za nią.

Kolejny pokój okazał się prawie pusty, a ściany były gładkie. W środku znajdował się tylko jeden przedmiot – stojąca na środku pokoju skrzynia.

Dressler stuknęła w niewielki wyświetlacz na jej wieku i wpisała zapewne kod autoryzacyjny. Rozległo się ciche kliknięcie i zrobiła krok w tył.

– Proszę bardzo, komisarzu Malloy.

– Doskonale – powiedział Alphonse, podchodząc do skrzyni.

W tym momencie dwie połowy wieka uniosły się, a następnie

rozdzieliły. Dotknąłem pistoletu, przygotowany na to, co mogło nas spotkać w tej podziemnej pułapce.

Alphonse nachylił się nad skrzynią i zlustrował zawartość.

– Wygląda na to, że przedmiot jest w stanie nienaruszonym – stwierdził.

– Jak pan widzi, wygląda identycznie jak podczas ostatniej inspekcji – powiedziała Dressler. – Możemy kontynuować?

Komisarz zawahał się i spojrzał na mnie.

– Zapewne to odpowiednia pora.

Zerknąłem na Abigail, która lekko skinęła głową, sygnalizując gotowość.

– Tak, cóż, muszę tylko zapieczętować z powrotem materiał – rzekła badaczka. – Przepraszam na chwilę.

Zrobiła krok w stronę skrzyni.

Wziąłem szybki oddech. Teraz albo nigdy.

– Wystarczy – rzuciłem, wyciągając pistolet spod kurtki. – Proszę się cofnąć!

– S-słucham?

– Słyszałaś – dodała Abigail, wyjmując spod koszuli własną broń.

Dressler spojrzała na Alphonse'a.

– Komisarzu?

– Obawiam się, że jest to napad – powiedział, ściągając brwi. – Tak mi przykro, pani doktor.

– Ręce do góry – poleciłem.

– T-to jest oburzające! Macie pojęcie, jakiego rodzaju zabezpieczenia obecne są w tym obiekcie? – zapytała Dressler.

Abigail chwyciła ją za nadgarstek i przyciągnęła do siebie.

– Dlatego ty idziesz z nami.

– Cóż, nie tylko dlatego – rzekł Alphonse.

Ze skrzyni wyjął cienki zielony przedmiot. Wyglądał jak jakaś rurka, zapieczętowana po obu stronach i wypełniona… czymś. Alphonse wręczył mi to coś.

Gdy trzymałem rdzeń w ręce, lepiej się przyjrzałem. Miałem wrażenie, jakby w środku znajdował się dym.

– I to tyle? – zapytałem.

– Spodziewał się pan czegoś innego?

– Nie wiem. – Zmrużyłem oczy. – Może błyszczącego klejnotu albo jakiejś wielkiej kuli?

– Takie rzeczy też tu mają – zapewnił Komisarz. – Chce pan, abyśmy także je ukradli?

– Są coś warte? – zaciekawiłem się.

– Jeśli znajdują się w tym budynku, to owszem. Prawdę mówiąc…

– Hej! – warknęła Abigail, zaciskając dłoń na nadgarstku badaczki. – Nie powinniśmy się stąd zwijać?

– No tak. – Schowałem rurkę do kieszeni w nogawce spodni. – Którędy to, doktorko?

Dressler próbowała wyrwać się Abigail.

– Jeśli sądzicie, że pomogę wam to ukraść, możecie o tym zapomnieć. Verdan! Uruchom procedurę Beta-Gamma-Sześć Dwa Dziewięć!

– Tak jest – rozległ się głos AI. – Proces powiadamiania Sił Ochrony został rozpoczęty.

Alphonse otworzył szeroko oczy.

– O nie.

Kurwa, wiedziałem.

A mimo to zjawiłem się tutaj z nadzieją na bezproblemowe wyjście.

Uniosłem pistolet i odbezpieczyłem kurek, celując w czoło doktorki.

– Lepiej napraw to, co narobiłaś.

Alphonse wyciągnął rękę w stronę Dressler.

– Proszę go posłuchać, naprawdę. Ten człowiek to wyszkolony Renegat. On nie blefuje.

– Renegat? – zapytała. – Komisarzu, co pan robi z tym człowiekiem?

– Umieściłem mu w brzuchu bombę i zmusiłem go do posłuszeństwa – rzekłem, wskazując na Alphonse'a. – Jeden fałszywy ruch i te bebechy wylądują na otaczających nas ścianach.

– Bombę? – Otworzyła z niedowierzaniem oczy. – Wniósł pan do obiektu bombę?

Alphonse kiwnął głową.

– Rozumie pani teraz sytuację, prawda? Nie miałem wyboru.

– Jeśli ją tu zdetonujecie, wiecie, jaki wywoła to chaos? Materiały tylko na tym piętrze są…

Nachyliłem się i przyłożyłem jej lufę do piersi.

– W takim razie rób, co ci każę, paniusiu, i pomóż nam się stąd wydostać.

Ściągnęła brwi.

– Proszę zabrać ode mnie tę broń!

Musiałem przyznać, że ta doktorka ma jaja.

– Musimy stąd wyjść – odezwała się Abigail, popychając ją przed sobą. – Ci ochroniarze wparują tu lada chwila.

– Ona ma rację – powiedział Alphonse.

Wpatrywałem się w Dressler, a ona we mnie.

– W porządku – rzekłem w końcu. – Tylko nic nie kombinuj, doktorko, w przeciwnym razie będzie po tobie.

– Nie jestem głupia – odparła. – I tak zamierzacie mnie zabić.

– Wcale nie – odparowałem.

– Jeśli nam pomożesz, to cię wypuścimy – zapewniła Abigail.

– To jak będzie? – zapytałem.

Przez chwilę się wahała. Widziałem obracające się w jej głowie trybiki, kiedy analizowała swoje możliwości. Pomóc grupce złodziei albo ryzykować tym, że zginie na miejscu.

– W porządku – rzekła w końcu. – Jest jeszcze jedna winda w głównym magazynie, tam, skąd przyszliśmy. Prowadzi do drugiego punktu kontrolnego na powierzchni.

– To może najpierw odwołasz strażników? – zaproponowałem.

– Nie mogę – odparła. – Kiedy procedura zostaje aktywowana, muszą dokonać pełnej inspekcji danej lokalizacji.

– Musimy się pospieszyć – rzucił Alphonse.

Zdziwiło mnie to, że w jego głosie wychwyciłem nutkę niepokoju.

Spojrzałem groźnie na Dressler.

– Którędy?

– Jeśli dostaniecie się do windy, system zabezpieczający was nie zatrzyma – poinformowała badaczka. – To osobna sieć, używana tylko w nagłych wypadkach.

– Gdzie jest haczyk? – zapytałem.

– Aby jej użyć, będzie wam potrzebna moja autoryzacja.

– No jasne – rzekła Abigail.

Zakradłem się do drzwi i zerknąłem w stronę głównego magazynu.

– Idziemy. – Gestem pokazałem, aby ruszyli za mną. – Wszyscy za mną. Spróbujcie nie dać się zastrzelić.

Wbiegliśmy do magazynu w tym samym momencie, kiedy winda

się otworzyła. Do atrium wysypało się siedmiu żołnierzy, w pełni uzbrojonych i gotowych do zatrzymania nas.

– Cofnąć się! – warknąłem, gdy tylko ich zobaczyłem.

Dowódca wystrzelił w moim kierunku serię, trafiając w tarczę i sprawiając, że zamigotała.

– Tarcza dziewięćdziesiąt procent – powiedział mi do ucha automatyczny głos, kopia głosu Atheny.

Zanurkowałem za ścianę, wracając do przechowalni.

– Macie tu zostać! – nakazałem.

Chwyciłem Alphonse'a za ramię i cisnąłem go na półkę za mną. Na ziemię spadł jakiś przedmiot, zapewne stary artefakt.

Przez przejście przeleciały kolejne kule.

– Ten ostrzał na ma celu zatrzymanie nas tutaj – odezwał się Alphonse. – Przypuszczam, że wkrótce zjawi się druga grupa.

– Co ty nie powiesz, Komisarzu – mruknąłem. Sprawdziłem swój pistolet, następnie uniosłem go. – Abby, zostań tutaj i pilnuj tej dwójki. Zaraz wrócę.

– On tak na poważnie? – zapytała Dressler, zerkając na Alphonse'a.

– Przymknij się – warknęła do niej Abigail, nadal zaciskając dłoń na jej nadgarstku. – Daj człowiekowi pracować. – Spojrzała na mnie i kiwnęła głową. – Idź.

Jeden z żołnierzy przemieszczał się między dwoma rzędami w magazynie, idąc w naszą stronę.

– Zaraz wrócę – powtórzyłem, po czym rzuciłem się na linię ostrzału.

Kula trafiła w tarczę wokół nogi, wyczerpując jej energię do osiemdziesięciu procent. Na razie to nie problem.

Puściłem się biegiem ku najbliższemu żołnierzowi, pomiędzy dwoma rzędami artefaktów. Oddałem dwa strzały w klatkę piersiową, następnie zderzyłem się z jego ciałem i pchnąłem je na półki. Zarzęził i dobiłem go kulką w głowę.

Dobiegłem do przejścia między rzędami, wystrzeliłem dwa pociski i udało mi się trafić jednego z żołnierzy w nogę. Krzyknął, przez co pozostali oddali ogień, ja jednak byłem już za drugim rzędem.

Biegłem dalej. Ileż dałbym za to, aby mieć w tej chwili przy sobie kilka granatów.

Widziałem, jak żołnierze przemieszczają się po drugiej stronie półek, zbliżając się do mnie. Natychmiast padłem na ziemię i oddałem dwa szybkie strzały. Dwóch przeciwników trafiłem w stopy, rozrywając buty i kości. „To ich spowolni", pomyślałem.

Szybko zerwałem się z podłogi, wycofałem, a nim zdążyli się zorientować, co się dzieje, rzuciłem się przed siebie.

Sekundę później seria pocisków trafiła dokładnie tam, gdzie przed chwilą leżałem, strącając na ziemię mnóstwo bezcennych artefaktów i wypełniając magazyn świdrującym hałasem.

– On się przemieszcza! – zakrzyknął jeden ze strażników. – Do tyłu!

Dotarłem do kolejnej przerwy między rzędami i skręciłem w prawo, oddalając się od żołnierzy. Jeśli chciałem, aby to się udało, musiałem im zgubić.

„Nie mogę zbyt długo pozostać w jednym miejscu", pomyślałem. „Te kanalie nie odpuszczą, aż się wykrwawię".

Nim zdążyłem dotrzeć do kolejnego rzędu, za sobą usłyszałem wystrzał, po którym tarcza mi zamigotała, a automatyczny głos poinformował, że pozostało sześćdziesiąt pięć procent jej mocy.

Zareagowałem gwałtownym skrętem, padnięciem na ziemię i czołganiem się. Wyciągnąłem rękę z pistoletem, odczekałem, aż dojrzę goniącego mnie strażnika, następnie oddałem strzał.

Kula trafiła go w brzuch i zachwiał się, ale tylko na chwilę. Ci ludzie mieli stroje chroniące brzuchy przed jednym czy dwoma strzałami. Nim zdążył zareagować, oddałem kolejny strzał, tym razem w głowę.

Padł na kolana, wypuścił z rąk karabin i się przewrócił.

A ja zdążyłem się już odwrócić i biegłem w stronę pomieszczenia, w którym czekali Abigail i reszta.

Do zwłok podbiegło dwóch żołnierzy i chwilę później posłano w ślad za mną serię kul.

Kilka mnie trafiło, a tarcza rozświetliła się tak gorączkowo, że pomyślałem, że się zepsuje.

– Tarcza trzydzieści procent – powiedział mi głos w uchu.

Dobiegłem do końca rzędu, gdzie leżał martwy pierwszy żołnierz, następnie odwróciłem się i zobaczyłem obserwujących mnie Abigail i Alphonse'a.

W otwartej części magazynu nadal znajdowali się żołnierze i nie wahali się strzelać, kiedy przebiegałem między rzędami.

Puściłem się biegiem w stronę mniejszego pomieszczenia, strzelając na oślep do strażników.

– Pozostało dziesięć procent – powiedział głos.

– Twoja kolej! – rzuciłem, wbiegając do środka. W tym momencie moja tarcza wyczerpała się.

Kilka kul trafiło w ścianę po naszej prawej stronie, na wprost przejścia.

Abigail wepchnęła Dressler za Alphonse'a.

– Stój tutaj – nakazała, po czym spojrzała na mnie. – Pilnuj ich, a ja zajmę się pozostałymi!

Siedziałem na podłodze, oparty plecami o ścianę.

– Leć – wyrzęziłem, zmordowany po tym całym biegu.

Abigail rzuciła się w stronę ognia i jej tarcza natychmiast się rozjaśniła. Nim żołnierze zdążyli się zorientować, co się dzieje, jednego z nich kula mniszki trafiła w klatkę piersiową.

Dwóch mężczyzn, którzy mnie wcześniej gonili, wybiegło spomiędzy rzędów i rzuciło się w jej stronę. Biegnąc, strzelali i dwa razy udało im się trafić w tarczę, nim Abby wzięła odwet.

Z pistoletem w ręce sięgnęła po elektryczną pałkę, aktywowała ją i dźgnęła jednego z mężczyzn w brzuch. Padł na ziemię i rzucał się, jakby doznał jakiegoś ataku.

Uniosła pałkę nad głowę, wzięła zamach, po czym walnęła nią drugiego strażnika w szyję.

Nawet tu słychać było chrzęst pękających kości.

– Auć – mruknąłem.

Nie minęło kilka sekund, a obaj mężczyźni byli unieszkodliwieni.

Abigail skierowała swoją uwagę na jedynego, który pozostał do pokonania. Oddał strzał z karabinu, trafiając w tarczę – najpierw w brzuch, następnie w ramię.

Uniosła pistolet i zaczęła iść w jego stronę, po czym nacisnęła spust.

Usłyszałem dwa strzały, a potem odgłos upadającego na ziemię ciała.

Mniszka wróciła chwilę później.

– Wszyscy gotowi?

– Z-zabiliście tych wszystkich ludzi? – wyjąkała doktor Dressler. – Jak… jak to w ogóle możliwe?

Alphonse wskazał na magazyn.

– Mam nadzieję, że rozumie pani powagę swojego położenia, pani doktor. A teraz proszę nas stąd wyprowadzić, abyśmy mogli dać pani spokój.

– Słyszałaś – rzuciłem. – Al nie chce dzisiaj zginąć.

– Rzeczywiście nie mam na to ochoty – przyznał.

– Wysyłam dodatkowy personel – poinformowała AI przez głośniki.

Abigail chwyciła Dressler za nadgarstek.

– Ruchy!

Pobiegliśmy wzdłuż najbliższej ściany, mijając po drodze kilku martwych ochroniarzy. Ja pierwszy, za mną Alphonse, doktor Dressler i Abigail. Nie tak miałem nadzieję, że wszystko się potoczy, ale z całą pewnością mogło być dużo gorzej.

Kiedy dotarliśmy do końca magazynu, Dressler pokazała kierunek.

– Przez drugie drzwi!

Obejrzałem się przez ramię.

– Jeśli tam wejdziemy i uruchomi się alarm…

– To bezpieczne, przyrzekam. – Podbiegła do mnie i pozwoliła, aby skaner zbadał jej oko. Rozległo się piknięcie i drzwi się rozsunęły, prezentując słabo oświetlony korytarz. – Tędy, potem w lewo i prosto, aż dotrzecie do…

– Strzelać przed siebie! – zawołał ktoś z drugiego końca magazynu.

Żołnierze wystrzelili, my zaś rzuciliśmy się w stronę przejścia, ucinając wszelkie rozmowy. Pociągnąłem za sobą badaczkę i oboje upadliśmy na twarz. Abigail pchnęła przed siebie Alphonse'a i przyjęła za niego strzał w plecy.

Drzwi zamknęły się za nią i zerwaliśmy się na równe nogi.

– Biegiem! – warknęła Abigail. – Musimy się spieszyć!

Biegłem, ciągnąc za sobą Dressler. Światła nad głowami zaczęły się zapalać, jedno po drugim. Biegliśmy szybciej, niż one się aktywowały, docierając na miejsce w mniej niż trzydzieści sekund.

Z tyłu dobiegły nas głosy. Ktoś wykrzykiwał rozkazy:

– Otworzyć te cholerne drzwi!

Dressler podbiegła do windy, następnie wstukała kod, dzięki któremu mogliśmy wpakować się do środka.

– Mało brakowało – wydyszałem.

Na drugim końcu korytarza rozległ się huk, a chwilę później usłyszałem dudniące kroki. Coraz głośniejsze.

Gdy drzwi się zamykały, zza rogu wyłoniły się cienie, a zaraz po nich mężczyźni z bronią, odziani w unijne pancerze.

– Tam! – krzyknął pierwszy z nich.

Drzwi zasunęły się tuż przed tym, jak zaczęto strzelać.

Śmiertelnie przerażona doktor Dressler mało nie wpadła w objęcia Alphonse'a.

Spojrzałem na nią, następnie na Komisarza, i posłałem mu znaczący uśmiech.

– Zostaw to na później, Al – rzuciłem. – Możliwe, że to nie koniec zabijania na dziś.

8

Drzwi rozsunęły się za dwoma mężczyznami w laboratoryjnych fartuchach. Nim zdążyli się odwrócić, Abigail do jednego z nich przystawiła lufę pistoletu, a do drugiego koniec pałki.

– Nie ruszać się.

– C-co się dzieje? Kim…

– Milczeć! – warknęła, szturchając mężczyznę lufą.

– Ty pierwsza – rzuciłem do Dressler.

Doktorka wyszła z windy do pomieszczenia, w które prawdopodobnie mieściło się laboratorium.

– Proszę, róbcie to, co wam każą – rzekła.

– Gdzie jesteśmy? – zapytała Abigail, nadal mierząc z obu swoich broni.

– P-pierwsze piętro, laboratorium dwanaście – wyjąkał jeden z nich.

Opuściła rękę z pistoletem, ale lufa pozostała wycelowana.

– Którędy na dziedziniec?

Mężczyzna pokazał ręką na prawo.

Stuknąłem Abigail w ramię i zasygnalizowałem, aby się cofnęła. Alphonse i Dressler także. Zapytałem, czy w laboratorium jest ktoś jeszcze.

– Tylko my – odparł drugi doktor.

– Do środka – poleciłem, wskazując głową na windę. Posłusznie do niej weszli. – Wciśnijcie najniższe piętro i nie wracajcie przez godzinę.

Kiwnęli głowami, a na ich twarzach malował się strach.

Na wszelki wypadek odczekaliśmy, aż drzwi się zasuną i winda zacznie jechać w dół.

Abigail pociągnęła Dressler za sobą, idąc w kierunku wskazanym przez kolegę.

– Zbieramy się!

Kiwnąłem głową do Alphonse'a i obaj ruszyliśmy za nimi.

Na końcu krótkiego korytarza ujrzeliśmy podwójne drzwi, a za nimi trawnik z równo przystrzyżoną trawą. To musiało być boczne wejście. Oczywiście przy drzwiach znajdował się skaner, tak by nie dało się wyjść bez autoryzacji, natomiast po drugiej stronie nie widać było żadnych klamek czy urządzeń. Oznaczało to, że kiedy znajdziemy się na zewnątrz, nie będzie powrotu.

Jeśli dojdzie do strzelaniny, nie będzie gdzie się ukryć. A biec będzie można tylko przed siebie.

– Chętnie tu zostanę – odezwała się Dressler. – Proszę, nie potrzebujecie mnie już, prawda?

– Nieźle – rzekła Abigail.

Doktorka przełknęła ślinę.

– Nie mogę uwierzyć, że to się dzieje naprawdę.

Szybkim krokiem wyszedłem na zewnątrz, pozostali zaraz za mną. Pistolet trzymałem w gotowości. Policzki owiał mi nagły wiatr i na chwilę zrobiło mi się przyjemnie, jakbym siedział na leżącej nad strumieniem polanie, co stawiło kompletne przeciwieństwo miejsca, w którym się teraz znajdowałem. Było niemal tak, jakbym wcale nie okradał właśnie Unii i nie próbował uciec z dwójką zakładników i jednym z najpotężniejszych artefaktów w tej galaktyce.

Na wprost nas, na drugim końcu trawnika znajdowało się wejście do platformy do lądowania. Teren ten ze wszystkich stron otaczały cienkie wieże i licho wie, czym one były – równie dobrze mogły po prostu zapewniać oświetlenie. Skląłem się w myślach za to, że przed akcją nie zrobiłem lepszego rozpoznania, z drugiej jednak strony nie było na to czasu, bo przecież niewykluczone, że generał Brigham deptał nam po piętach.

– Zatrzymajcie ich! Kierują się do tego statku! – zakrzyknął chrapliwy głos po mojej lewej stronie.

Od frontu budynku przybiegła grupka uzbrojonych strażników. Od razu zorientowałem się, że to ta sama jednostka, która eskortowała nas po wylądowaniu.

– Biegniemy! – zawołałem. Wziąłem Dressler za rękę i pociągnąłem ją na trawnik.

W moim kierunku oddano kilka strzałów. Dressler krzyknęła i zdziwiłem się, że potrafi to robić aż tak głośno.

– Chwila! Mają zakładnika! – zawołał jeden z żołnierzy.

– Nie szkodzi! Strzelajcie! – odparował inny.

– C-co on powiedział?! – zapytała Dressler.

– Nie zatrzymujcie się! – warknął Alphonse.

Puściłem doktorkę i wyjąłem pistolet, gotowy odpowiedzieć ogniem. Oddałem kilka strzałów, trafiając w szyby za żołnierzami i zmuszając ich do ukrycia się. To nam zapewni chwilę oddechu.

Zatrzymałem się i odwróciłem. Nie minęło kilka sekund,

a stałem zwrócony przodem do żołnierzy, z wyciągniętą ręką, w której trzymałem pistolet.

W chwili, gdy Abigail miała mnie minąć, uniosłem drugą dłoń i pokazałem, aby rzuciła mi swoją broń. Tak zrobiła, a ja szybko zacisnąłem palce wokół rękojeści i wycelowałem lufę w stronę mężczyzn.

Używając obu pistoletów, wystrzeliłem serię pocisków, dopilnowując, aby żołnierze pozostali blisko ziemi. Z tego, co widziałem, było ich tylko czterech, co oznaczało, że pozostali znajdowali się gdzie indziej. Kiedy eskortowano nas do budynku, było ich sześciu.

Zacząłem się cofać, nie przestając przy tym strzelać. Każdy z tych pistoletów miał dwadzieścia cztery kule, no i dysponowałem tylko jednym zapasowym magazynkiem. Jeśli wkrótce się stąd nie wydostaniemy, kiepsko może się to skończyć.

– Jace! – krzyknęła Abigail, a wyczuwalne w jej głosie zniecierpliwienie uświadomiło mi, że pora się zmywać. Odwróciłem się i puściłem biegiem.

Dwóch pozostałych żołnierzy ujrzałem obok Gwiazdy – z karabinami w rękach czekali na naszą grupę.

Kiedy udało mi się oddać strzał, trafiając we własny statek, padli na ziemię. Jeden z nich wykrzyknął coś do drugiego, w efekcie czego obaj wycelowali we mnie. Wyglądało na to, że to mnie postrzegają jako największe zagrożenie.

A to błąd.

Abigail pchnęła Dressler w stronę Alphonse'a. Komisarz chwycił badaczkę i razem z nią padł na ziemię, natomiast mniszka parła do przodu.

Jednym szybkim ruchem wyjęła pałkę i ją aktywowała. Pałka rozsunęła się, a na jej końcu rozbłysły iskry. Wzięła zamach i trafiła pierwszego żołnierza prosto w twarz, łamiąc mu nos i sprawiając, że wokół niego trysnęła krew.

Drugi mężczyzna uniósł broń, gotowy ją zastrzelić, nim się do niego zbliży.

Pociągnąłem za spust obu pistoletów i przekonałem się, że magazynki są puste.

Żołnierz stał naprzeciwko Abigail. Nie reagowała, co zapewne oznaczało, że jej tarcza uległa wyczerpaniu.

Sięgnąłem po ostatni magazynek, licząc, że zdążę oddać strzał, zanim ten żołnierz zrobi to, co zamierzał…

Alphonse wbiegł prosto na niego i wytrącił mu broń z ręki w tej samej chwili, kiedy żołnierz wystrzelił. Mężczyzna odwrócił się w jego stronę, lecz Alphonse zareagował kopniakiem w brzuch, następnie szybkim uderzeniem w szyję mężczyzny. Ten padł na kolana i z zapadniętą tchawicą walczył o oddech. Komisarz ujął jego głowę i obrócił, łamiąc mężczyźnie kark, nim ten zdążył się choćby zorientować, co się dzieje.

Abigail gapiła się na nich szeroko otwartymi oczami.

– Co ty…

– Sugeruję, abyśmy odlecieli. – Alphonse wskazał na statek. – Wkrótce zjawią się kolejni.

Podbiegłem do Dressler, pomogłem jej wstać i dołączyliśmy do pozostałych.

– Nieźle, Al – rzuciłem, mijając Komisarza.

Kiwnął głową.

– Cieszę się, że mogłem pomóc, kapitanie.

Kolejne strzały trafiły w statek, kiedy wbiegliśmy do windy.

– Siggy, zamknij te cholerne drzwi! – wrzasnąłem.

– Już się robi, proszę pana – odparła AI.

Gdy winda się unosiła, zasuwające się drzwi zaatakowała seria pocisków.

– Kryć się! – poleciłem.

Wszyscy szybko kucnęli, w samą porę, bo od metalowych ścian odbiły się kule.

– Lecimy, Siggy! – zawołałem, gdy tylko zamknęły się drzwi.

– Jak pan sobie życzy – odparł. – Aktywuję silniki.

Podczołgałem się do schodów, lecz nie podniosłem się, bo wiedziałem, że lepiej za dużo się nie ruszać i nie ryzykować tym, że trafi cię kula.

Gdy oderwaliśmy się od ziemi, nadal trwał ostrzał. Wszyscy leżeliśmy na brzuchach, czekając, aż świst pocisków zastąpiony zostanie kosmiczną ciszą.

Silniki aktywowały się i cały statek zadrżał. Po chwili włączyły się stabilizatory i poczułem, jak wznosimy się coraz wyżej.

– Nikomu nic się nie stało? – zapytałem, kiedy z dużą prędkością oddalaliśmy się już od Priscilli.

– Chyba nie – odparła Abigail.

– Komisarzu… czy wszystko w porządku? – zapytała doktor Dressler, nadal zdyszana. Przysunęła się do leżącego na plecach Alphonse'a. – P-pan krwawi!

Alphonse próbował wstać, lecz zamiast tego chwycił się za brzuch. Kiedy odsunął od niego dłoń, ujrzałem krew.

Usiadłem i odepchnąłem się od schodów.

– Alphonse? – zapytałem, próbując lepiej mu się przyjrzeć.

Czoło miał całe spocone, w jego oczach malowała się udręka. Coś było zdecydowanie nie tak.

Abigail podbiegła do niego.

– Połóż się na chwilę i pozwól mi zobaczyć – nakazała, po czym uniosła mu koszulę.

– P-przepraszam – stęknął. Zadrżały mu powieki, jakby zaraz miał odpłynąć. – Ja… powinienem był być szybszy…

– Idiota! – warknęła Abigail. – Dlaczego nie biegłeś szybciej? – Spojrzała na mnie z gniewem w oczach. – Przynieś mi tę cholerną apteczkę!

9

Do czasu, kiedy wróciłem z apteczką, Alphonse zdążył stracić przytomność. Abigail udało się owinąć mu ranę, ale bez niezbędnych narzędzi nie była w stanie wyjąć kuli.

Musiałem zostawić go z Abigail i Dressler, a sam udałem się do kokpitu. Nie chciałem, ktoś jednak musiał obsługiwać działa i zabrać nas stąd, a nie mogłem oczekiwać, że wszystkim zajmie się Siggy. Choć sporo potrafił, istniała ograniczona liczba zadań, które mógł wykonywać w tym samym momencie.

Zacisnąłem dłonie na dźwigniach, oddalając się od planety. Nim zdążyłem choćby skontaktować się z Abigail lub sprawdzić zapis z umieszczonej w ładowni kamery, Siggy poinformował mnie, że mamy ogon.

Wyglądało na to, że nawet trzy. Unijne statki szturmowe.

– Siggy! Kiedy Tytan opuści tunel?

– Za około osiem minut, proszę pana – odparł.

– Nie tak źle! Zobaczmy, czy uda nam się tam dotrzeć, zanim dogonią nas te statki.

- Biorąc pod uwagę ich obecny wskaźnik przyspieszenia, nie sądzę, aby to było możliwe - rzekł Siggy.

Zakląłem siarczyście, następnie aktywowałem holograficzny wyświetlacz, aby mieć widok na układ, w którym się znajdujemy. Szukałem gorączkowo jakiegoś miejsca, w które mogliśmy się udać, czegokolwiek z przesmykiem na tyle wąskim, aby...

Zatrzymałem się przy czwartej planecie tego układu, położonej najbliżej Priscilli. Otaczał je niski, lecz całkiem szeroki pierścień skał, co było charakterystyczne dla wielu planet klasy 3. Szybka analiza wykazała, że ten świat ma także niemałą liczbę księżyców, a mianowicie siedemdziesiąt sześć.

- Siggy, zabieram nas za ten pierścień, blisko planety. Pilnuj, abyśmy w nic nie uderzyli - nakazałem.

- Zrozumiałem, proszę pana - odpowiedziała AI.

Gdyby przed pojawieniem się Tytana udało mi się zyskać nieco czasu, możliwe, że wyszlibyśmy z tego bez większych uszkodzeń. Warunkiem jednak było ukrycie się przez tymi trzema statkami. Osobiście wolałbym się z nimi zmierzyć w bezpośredniej walce, w takiej sytuacji nie mogłem jednak ryzykować.

Zbuntowana Gwiazda dotarła na orbitę planety z pierścieniem, a kiedy się do niego zbliżyliśmy, zredukowałem maksymalnie prędkość.

- Pora zastawić pułapki - powiedziałem. Stukając palcami w konsolę, wypuściłem jedną z min od Atheny. - Przekonajmy się, czy są tak dobre, jak twierdzi Athena.

Rozmieściłem sześć min, czyli prawie wszystkie - trzy poniżej pierścienia, a trzy nad nim - następnie zatrzymałem statek na tym końcu znajdującym się bliżej planety.

Na holo dojrzałem, że trzy statki szturmowe znajdują się coraz bliżej mojej lokalizacji. Ten w środku miał uniesioną tarczę, obejmującą całą trójkę. Aktywowałem własną i czekałem.

Statki zbliżyły się do pierścienia i trzymały się jego góry, ignorując dół.

Cofnąłem się jeszcze bliżej planety.

Tarcza szturmowców otarła się o pierścień, sprawiając, że fragmenty skał zawirowały i zmieniły położenie.

Zareagowała pierwsza z trzech min – jej czujniki wykryły nadlatujące statki i mina ruszyła w ich stronę. Eksplodowała w chwili, kiedy dotarła do tarczy. Ciemność rozjaśniły fragmenty niebieskiej plazmy, a warstwa ochronna zamigotała, jakby miała zaraz pęknąć. Na ten widok opadła mi szczęka. To dopiero bomba! Moje stare miny nie mogły się z nią równać.

– I o to właśnie chodzi! – zawołałem, uderzając pięścią w konsolę.

Gdy tarcza wróciła na swoje miejsce, statek znajdujący się najbliższy pierścienia lekko podskoczył.

Opuściłem Zbuntowaną Gwiazdę jeszcze niżej i śledząc ruchy statków, przygotowałem poczwórne działa.

Druga mina zareagowała, kiedy dotarły bliżej końca pierścienia. Pofrunęła w ich stronę, eksplodując w takiej samej odległości jak poprzednia. Otaczająca statki tarcza ponownie rozbłysła, gdy otoczyło ją niebieskie światło. I w końcu cała się rozpadła, gdyż szkody okazały się zbyt duże.

Statki rozdzieliły się, bo teraz nie istniał już powód, dla którego powinny się trzymać blisko siebie. Trudno powiedzieć, czy taka sytuacja była dla mnie lepsza czy gorsza.

Albo dla nich.

Na holo zobaczyłem, że każdy porusza się w innym kierunku. Pierwszy kontynuował tę samą trasę, nieświadomie zbliżając się do kolejnej miny, natomiast drugi i trzeci zmierzali ku dwóm końcom pierścienia, niewątpliwie po to, aby mnie otoczyć.

Będę gotowy na całą trójkę. Ująłem drążek i zacząłem oddawać strzały w pierścień, celując w bliższy z tych dwóch statków, które się rozdzieliły. Pociski przebiły się przez lód, czyniąc wyrwy w skałach i tworząc chmury ciężkiego pyłu. Nie przestawałem strzelać w stronę poruszającego się statku. Gdy zbliżył się do krawędzi pierścienia, jedna z moich torped trafiła go w bok, ocierając się o zapasowy silnik. Statek zaczął się obracać i wleciał we fragmenty pierścienia.

To była moja szansa.

Ponownie wystrzeliłem i na szczęście nie wszystkie pociski chybiły. Dwa z nich trafiły w sam środek statku, przez co ten rozpadł się na pół.

Z oddali dobiegły odgłosy eksplozji – pierwszy pilot nieumyślnie aktywował trzecią minę. Jedna sekunda i było po nim, dzięki czemu musiałem stawić czoło już tylko jednemu statkowi.

Ruszyłem do przodu w tym samym momencie, kiedy ostatni statek wyłonił się zza drugiego końca pierścienia. Obaj oddaliśmy strzały.

Większość moich pocisków chybiła, natomiast on trafił mnie w tarczę. Kokpitem ostro zatrzęsło i do czasu, aż zadziałały stabilizatory, musiałem trzymać się fotela. Gdyby nie tarcza, mogłoby się to skończyć znacznie gorzej.

– Proszę pana, tunel się otwiera – poinformował Siggy.

– Nie teraz! – warknąłem, zaciskając dłonie na drążkach i próbując wycelować w drugi statek. Przemieścił się w bok, poza mój zasięg. – Kurwa!

Ten statek poruszał się lepiej niż pozostałe, dopasowując się do moich działań. Pilot był profesjonalistą, ale nie dam mu się pobić. Nie po tym, jak zadałem sobie tyle trudu, aby zdobyć ten rdzeń.

Wycelowałem w najbliższą minę, jedną z trzech czekających nad pierścieniem, i wystrzeliłem.

Mina spektakularnie eksplodowała. Znajdowała się zbyt daleko, aby uszkodzić statek wroga, jednak pilot przestał strzelać, przypuszczalnie zaskoczony.

Szturmowiec zawahał się, ja zaś wystrzeliłem w stronę jego prawego boku, zmuszając do tego, aby przemieścił się bliżej pozostałych min. Kiedy znalazł się wystarczająco blisko, ponownie wystrzeliłem, tyle że tym razem, kiedy trafiłem w drugą bombę, ta uszkodziła pierścień, a razem z nim – statek.

Zniknął cały jego lewy bok. Nim zdążył zareagować, wysłałem w jego stronę serię torped, z których dwie trafiły do celu. Nie minęło kilka sekund, a po szturmowcu został tylko pył.

– Kapitanie Hughes – rozległ się nagle głos. Rozpoznałem, że należał on do Atheny.

– Tu jestem – odparłem, próbując się otrząsnąć. Wcześniej nie zdawałem sobie sprawy z tego, że całe ciało mam maksymalnie spięte. Zrobiłem głęboki wdech, następnie długi wydech.

– Z tej strony Tytan. Proszę się przygotować do odlotu. Musimy się pospieszyć.

– Już wracam. Pozostań na obecnej pozycji – odparłem, kierując Zbuntowaną Gwiazdę w stronę niedawno otworzonego tunelu i gigantycznego księżyca, którzy przed chwilą go opuścił. – Silniki zabuczały i statek poleciał w kierunku Tytana. – Siggy, zabierz nas na tyle blisko, aby dosięgła nas wiązka ciągnikowa. Daj znać, kiedy tam dotrzemy – rzuciłem.

– Zrozumiałem, proszę pana.

Wyświetlany przez holo obraz zmienił się i widać było na nim teraz zbliżenie Tytana oraz nasze nowe koordynaty.

Wziąłem kilka głębokich oddechów, odpiąłem uprząż i ściągnąłem ją przez głowę. Wstałem i ruszyłem ku drzwiom, zamierzając sprawdzić, co u Abigail i pozostałych. Zostawiłem ich w ładowni, licząc, że sami ogarną sytuację, ale Abby nie była lekarzem. Nie potrafiła ocalić życia umierającemu człowiekowi. Zabijanie zarówno mnie, jak i jej przychodziło bez trudu, za to ratowanie człowieka… do tego potrzebne były zupełnie inne umiejętności, których nam brakowało.

Przebiegłem przez salon i korytarz, a kiedy w końcu dotarłem do ładowni, przekonałem się, że Abby siedzi na piętach z głową Alphonse'a na kolanach. Oczy miał zamknięte i z miejsca pomyślałem o najgorszym.

Ale nie, chwilę później dostrzegłem, że jego klatka piersiowa unosi się i opada. Mniszce udało się jakimś cudem utrzymać go przy życiu, mimo że w międzyczasie poza tymi ścianami zginęło tyle osób. Jakimś sposobem ten mały chujek jeszcze nie umarł.

I sam byłem zaskoczony, jak bardzo mnie to cieszy.

10

Zaraz po tym, jak zadokowaliśmy na Tytanie, Athena kazała mi udać się do windy. Musiałem dostarczyć rdzeń… i to szybko.

Nie traciłem ani chwili.

Silniki Gwiazdy nie zdążyły jeszcze ucichnąć, kiedy wybiegłem z ładowni na pokład tej megakonstrukcji, zostawiając Abigail, by zajęła się rannym Komisarzem i z pewnością oszołomioną doktor Dressler.

Drzwi windy rozsunęły się, zanim jeszcze do niej dotarłem. Zdziwiłem się, że ktoś znajduje się już w środku. Były to Athena, wysoka i tryskająca energią, a obok niej uśmiechnięta Lex.

– Panie Hughes! – zawołała, machając do mnie.

Zatrzymałem się przed windą.

– O co chodzi? – zapytałem, patrząc na Athenę. – Dlaczego Lex nie jest z Octavią albo Freddiem?

– Poprosiłam, aby nam asystowała podczas tego procesu – odpowiedziała Athena.

– Asystowała?

Zrobiła krok w bok, zapraszając mnie do wejścia do windy.

– Proszę. – Wykonała ruch ręką. – Wyjaśnię po drodze. Musimy się spieszyć.

Zdecydowałem się jej zaufać i wsiadłem do windy. Gdy drzwi się zasunęły, poczułem na ramieniu dłoń Lex. Spojrzałem na dziewczynkę i zobaczyłem, że się do mnie uśmiecha. Odpowiedziałem tym samym.

– Wszystko dobrze, mała?

Pokiwała głową.

– Dobrze się pan bawił na wycieczce?

– Jak zawsze – odparłem, pozostawiając dla siebie informację, że o mały włos nie zarobiłem kulki w łeb.

– Ja też – oświadczyła entuzjastycznie Lex.

– Tak?

Wyszczerzyła się.

– Bawiłyśmy się z Camillą. Athena nam pomogła!

Podniosłem wzrok na Kognitywną.

– Rzeczywiście?

– Dzieci znalazły drogę do jednej z niżej położonych sekcji statku. Pomogłam im stamtąd wyjść – wyjaśniła.

Winda zwolniła i znaleźliśmy się na miejscu.

– Nadal nie powiedziałaś, dokąd zabieramy ten rdzeń – rzekłem, kiedy drzwi się otworzyły.

Na pokładzie panował półmrok, jakby z tego miejsca uszło całe życie.

Ja i Lex wyszliśmy z windy, natomiast Athena pozostała w środku. Obejrzałem się na nią.

– Idziesz? – zapytałem.

– Aby uzyskać dostęp do maszynowni, będą wam potrzebne skórne implanty tego dziecka – rzekła Athena. – Z powodu doświadczanego przez nas niedoboru mocy emitery na tym poziomie aktualnie nie działają. Wygląda na to, że zbyt dużo energii kosztowało nas przebywanie w tunelu. Odzyskam kontrolę od razu, gdy umieści pan rdzeń tam, gdzie jego miejsce.

– Niczego nie ułatwiasz – mruknąłem, odpuściłem sobie jednak zadawanie dalszych pytań. Skoro Tytan stracił tyle mocy, że Athena nie mogła się nawet pojawiać w pewnych obszarach statku, przypuszczalnie wkrótce ta cała konstrukcja zupełnie padnie. Wziąłem Lex za rękę.

– Gotowa?

Przytaknęła.

– Gotowa!

Zostawiliśmy Athenę i udaliśmy się na drugi koniec pokładu. Otaczały nas fotele i konsole, lecz oprócz nas nie było tu żadnych ludzi. Miałem wrażenie, jakbym biegł przez opuszczony statek, co w sumie było prawdą, jako że minęły prawie dwa tysiące lat od czasu, kiedy te pomieszczenia tętniły życiem.

Razem z Lex dotarliśmy do szarych drzwi, wyższych ode mnie i trzy razy szerszych. Nie miały żadnych klamek ani urządzeń do wstukania kodu. Nie miałem pojęcia, co dalej. Stałem tak przez chwilę, gapiąc się bezmyślnie w te drzwi.

Towarzysząca mi dziewczynka puściła moją dłoń i podeszła do nich. Otworzyłem usta, aby kazać jej zaczekać, kiedy nagle nad naszymi głowami pojawiło się jasnoniebieskie światło. To był umieszczony nad drzwiami skaner. Zamrugałem i dopiero po chwili dotarło do mnie, co on skanuje.

Spuściłem wzrok na Lex i zobaczyłem, że jej tatuaże się rozświetlają, tak jak wtedy, kiedy się bawiła z jakimś artefaktem. Jarzyła się w ciemności, oświetlając teren wokół nas.

Lex przyłożyła dłoń do drzwi, które uchyliły się z głuchym stęknięciem.

– Nieźle, mała – mruknąłem, wpatrując się w otwierające się drzwi.

– Mówiłam, że mogę pomóc – oświadczyła.

Kiwnąłem z uśmiechem głową.

– I pomogłaś.

Po obu stronach znajdowały się kolejne puste konsole i fotele. Zaskoczyło mnie to, że Lex sprawia wrażenie kompletnie tym nieprzejętej. W końcu większość dzieci boi się ciemności. Ona z kolei była zainteresowana na tyle, aby iść coraz dalej.

Minęliśmy ostatni korytarz i dotarliśmy do maszynowni.

Na miejscu przekonaliśmy się, że sufit zdążył się wcześniej otworzyć, ginąc w mroku. Nagle zamigotały światełka na pobliskiej konsoli, która znajdowała się tuż obok ogromnej rury, zapewne silnika. Trudno było powiedzieć, czy to właśnie to miejsce, czy też rdzeń mieści się gdzieś indziej. Biorąc jednak pod uwagę to, że rura umieszczona została na środku pomieszczenia, pośród konsoli i świateł, uznałem, że dotarliśmy do celu.

Lex znowu zaczęła się jarzyć, tyle że tym razem nie musiała niczego dotykać. Zamiast tego zareagowało coś na konsoli. Podszedłem do niej i zobaczyłem, że pojawiła się szpara, okrągła, wielkości mniej więcej samego rdzenia.

Wyjąłem z kieszeni źródło mocy.

– I tyle pracy tylko dla takiego drobiazgu – mruknąłem, przyglądając się rdzeniowi. – Oby się udało, Atheno.

Wsunąłem zdobycz do środka i przekonałem się, że idealnie pasuje. Rozległo się głośne kliknięcie, po nim zaś buczenie. Maszyna obróciła rdzeń w lewo, prawie o trzysta sześćdziesiąt stopni, następnie lekko w prawo. Czekałem, aż znieruchomieje.

– I to wszystko? – zapytałem. – Zepsuty czy...

Konsola zassała rdzeń w głąb siebie i buczenie przybrało na sile. Podłoga pod naszymi stopami zawibrowała.

– Co to? – zapytała Lex.

Chwyciłem ją za rękę, a drugą oparłem się o pobliską ścianę. Ze środka rury wystrzeliło zielone światło, rozjaśniając pomieszczenie i sięgając aż do górnych części statku, wysoko nad naszymi głowami, docierając do poziomego tunelu. Chwilę później nastąpił kolejny błysk, a potem jeszcze jeden. Trwało to chwilę, aż w końcu przebłyski te stały się stałym strumieniem jarzącego się światła.

Tunel nad nami rozciągał się tak wysoko, że nie widać było jego końca.

Staliśmy razem z Lex, zagubieni w zielonej poświacie. Jeśli wierzyć słowom Atheny, był to jeden z najpotężniejszych silników w galaktyce, i właśnie teraz budził się do życia.

Wibrowanie oraz odgłosy rdzenia zaczęły cichnąć, jakby kończyła się burza. Po kilku chwilach chaos zastąpiony został elektrycznym szumem uśpionego silnika.

Nagle zapaliły się światła, zaskakując tym nas oboje. Zapalały się po kolei, aż rozświetlony został cały pokład. Następne uruchomiły się konsole, a stacje robocze wypełniły mrugające czerwone i żółte kropki, mimo że nie było nikogo, kto mógłby nimi zarządzać. Jeszcze do niedawna martwa część statku nagle ożyła.

Rdzeń ani na chwilę nie utracił swojej zielonej poświaty.

Przed nami pojawiła się Athena.

– Dobra robota – oświadczyła.

Ucieszył mnie powrót jej emiterów, co stanowiło ostateczny dowód na to, że rdzeń zadziałał.

Lex podbiegła do niej.

– Dobrze to zrobiliśmy?

– Tak, ty to zrobiłaś, Lex – odparła Kognitywna. – Doskonale sobie poradziłaś.

Dziewczynka wydała radosny okrzyk i spojrzała na mnie, jakbym miał do niej dołączyć. Ograniczyłem się do uśmiechu i wyglądało na to, że jest usatysfakcjonowana.

– Athena, jaki mamy plan? Co teraz? – zapytałem ze wzrokiem skierowanym ku górze.

– Teraz? – Athena zrobiła krok w mojej stronie. – Teraz, kapitanie Hughes, nadeszła pora na ucieczkę.

– Kiedy tu dotarliśmy, rezerwy energii na Tytanie były bliskie zeru – wyjaśniła Athena.

Znajdowaliśmy się z powrotem w tunelu, oddalając się od tej cholernej Unii najszybciej, jak to możliwe. Stałem na mostku razem z Abigail i Freddiem, którzy nalegali na to spotkanie, tak byśmy mogli określić coś na kształt strategii.

– Było jej tylko tyle, aby w razie konieczności otworzyć ostatni tunel – kontynuowała Kognitywna. – Na szczęście misja zakończyła się sukcesem, a kapitan Hughes w samą porę wrócił z rdzeniem.

– Na szczęście – rzekł Freddie.

– Nie dla Alphonse'a – odezwałem się. – A właśnie, jak on się czuje?

Abigail pokręciła głową.

– Jest w stanie krytycznym. Trzeba go operować. Octavia

to ogarnia, aczkolwiek nie mam pewności, czy dysponuje odpowiednimi narzędziami i doświadczeniem.

– Jest byłą lekarką – przypomniał Freddie.

– To nie to samo, co interwencja chirurga – zaprotestowała Abigail.

– Posłuchajcie mnie – wtrąciła Athena. – Wkrótce systemy Tytana wrócą do pełni używalności. A to oznacza coś więcej niż silniki.

– Co chcesz przez to powiedzieć? – zapytała Abby.

– Na tym statku znajduje się sektor medyczny z kilkoma kapsułami regeneracyjnymi. Gdy tylko rdzeń w pełni się załaduje, a wszystkie systemy odzyskają funkcjonalność, będzie się można zająć poważnymi obrażeniami.

– Chcesz powiedzieć, że jesteś w stanie uzdrowić Alphonse'a? – zdziwiłem się.

– Naturalnie – odparła Kognitywna takim tonem, jakby to było coś oczywistego. – Tytan wyposażono w najbardziej zaawansowany sprzęt medyczny. Oprócz kapsuł regeneracyjnych dysponujemy kompletną linią stanowisk chirurgicznych.

– Jace, musimy umieścić Alphonse'a w jednej z tych kapsuł – rzekła do mnie Abigail.

– Nie możemy – mruknął Freddie. – Systemy jeszcze nie działają.

– Zgadza się – przyznała Athena. – Minie trochę czasu, nim wszystkie obszary Tytana odzyskają pełną funkcjonalność.

– Athena, możesz pokazać nam Octavię i Alphonse'a? – zapytałem.

Przytaknąwszy, machnęła ręką, zmieniając ścianę za sobą w ekran, na którym widać było tę część hangaru obok Zbuntowanej Gwiazdy.

- Hej, tym razem nie znieruchomiałaś – zauważył Freddie.

- To dzięki nowemu rdzeniowi – wyjaśniła.

- Fajnie widzieć, że coś zmieniło się na plus – stwierdziłem.

Octavia siedziała na wózku obok nieprzytomnego Alphonse'a. Po obu jej stronach stali Hitchens i Bolin i trzymali w rękach różne narzędzia, pomagając jej w czymś, co na moje oko przypominało operację.

- Możesz otworzyć kanał? – zapytałem.

Kiwnęła głową.

- Proszę mówić, kiedy będzie pan gotowy, kapitanie.

Octavia trzymała w tej chwili jakiś metalowy przedmiot w klatce piersiowej Alphonse'a, odczekałem więc chwilę. Kiedy wyjęła narzędzie i nie istniało już niebezpieczeństwo niechcącego przecięcia tętnicy, zapytałem:

- Czy mnie słyszycie?

Na dźwięk mego głosu Octavia wzdrygnęła się.

- Kapitan? – zapytała.

- Tak, Athena mnie połączyła. Co z Alphonse'em? Udało się wyjąć kulę?

Rozluźniła się.

- Jeszcze nie. – Pokręciła głową. – Nadal nad tym pracujemy. Chyba wkrótce ją usuniemy, obawiam się jednak wewnętrznego krwotoku. Kula znajduje się w dość newralgicznym miejscu.

- Da się ją tam pozostawić? – zapytała Abigail.

- W tej chwili jego stan jest stabilny, ale nie mogę obiecać, że jeśli go tak zostawimy, to się nie wykrwawi.

- Athena mówi, że będzie go mogła uleczyć, tyle że trzeba jeszcze trochę poczekać.

Octavia spojrzała na Hitchensa.

- Uleczyć? – Zerknęła z powrotem w sufit. – Jak?

– Na statku jest sektor medyczny, ale moc nie została jeszcze w pełni odzyskana. Musisz go utrzymać przy życiu przez… – Zerknąłem na Athenę. – Jak długo?

– Statek powinien odzyskać wystarczającą moc za około trzydzieści minut – rzekła Kognitywna. – Tyle że to dane orientacyjne. Procesu tego nie inicjowano od bardzo dawna.

– Trudno, zaryzykujemy. Octavio, słyszałaś wszystko?

– Tak – potwierdziła, wycierając klatkę piersiową Alphonse'a z krwi. – Zrobię, co w mojej mocy, aby utrzymać go przy życiu do czasu, aż będziecie gotowi.

– No dobra. – Machnąłem ręką do Atheny. – Na razie to wszystko.

Ekran zrobił się ciemny.

– Wygląda to coraz lepiej – stwierdził Freddie. – Oczywiście o ile sektor medyczny okaże się zdatny do użytku.

Kiwnąłem głową.

– Tak będzie.

– Wydajesz się tego taki pewny – odezwała się Abigail.

Wzruszyłem ramionami. W gruncie rzeczy nie wiedziałem, czego się spodziewać, ale niczego się nie dowiemy, dopóki Athena nie aktywuje tego sektora. Do tego czasu lepiej mieć nadzieję, że wszystko się ułoży.

Gdyby plan się nie powiódł, operacją musiałaby się zająć Octavia. Innej możliwości nie było. Komisarza uratuje albo kapsuła regeneracyjna… albo Octavia. W obu przypadkach niewiele mogłem zrobić, a nie cierpiałem martwić o coś, na co nie miałem żadnego wpływu.

Lepiej skupić się na tym, nad czym miałem kontrolę.

– Musimy zrobić także coś z tą kobietą – powiedziałem, zmieniając temat.

– Jaką kobietą? – zapytał Freddie.

– Dressler – odparła Abigail. – Zabraliśmy ją z Priscilli.

– Co takiego?! – zawołał Freddie. – Kiedy zamierzaliście o tym wspomnieć?

– Kiedy będzie na to czas – odparowała mniszka.

– Jest teraz w starym pokoju Abby na Gwieździe – wyjaśniłem. – Pójdę do niej zajrzeć. Pewnie jest nieźle wkurzona.

– Wróciliście kilka godzin temu. Siedzi tam przez cały ten czas? – zapytał Freddie.

Wzruszyłem ramionami i wstałem.

– Nic jej nie jest.

– Kapitanie, zanim pan stąd pójdzie – odezwała się Athena. Teleportowała się i pojawiła obok mnie, a ja zatrzymałem się w pół kroku. – Ze względu na fakt tworzenia tego tunelu jesteśmy zmuszeni wykorzystywać naszą energię w taki sposób, że pełne przywrócenie funkcjonalności Tytana zabierze więcej czasu niż normalnie. Jeśli zatrzymamy się choćby na godzinę, zaczną działać wszystkie główne systemy, także część medyczna oraz broń i tarcze.

– Broń? – powtórzyłem. – I dopiero teraz to mówisz? Opuść tunel najszybciej, jak się da.

– Kapitanie, jest pan tego pewny? – zapytał Freddie.

– A czego tu nie być pewnym? – żachnęła się Abigail. – Stawką jest życie Alphonse'a.

Uniosłem brew.

– Od kiedy tak się troszczysz o Komisarza? Sądziłem, że go nienawidzisz.

– Wcale go nie nienawidzę – warknęła ostrzej, niż się spodziewałem. – On... uratował mnie tam na dole. Nie chcę, aby przez to zginął.

– Więc czujesz, że jesteś mu coś winna. Zgadza się? – zapytałem. – To wyrzuty sumienia każą ci się o niego martwić?

– Wcale nie. – Zawahała się. – A może tak. Nie wiem. Po prostu nie chcę, aby umarł.

Podszedłem do niej.

– Ja też tego nie chcę. Bogowie tylko wiedzą, dlaczego. – Pokręciłem ze śmiechem głową. – Ale nie zapominaj, gdzie się znajdujemy.

– Niby gdzie? – fuknęła.

– W samym środku wojny – odparłem.

11

– Co konkretnie planuje pan ze mną zrobić? – zapytała doktor Dressler.

Wbijała we mnie oskarżycielskie spojrzenie, podobne do tych, z jakimi musiałem się mierzyć przez całe dzieciństwo. Zawsze bezdomny, zawsze podejrzany. W tym przypadku rzeczywiście zasłużyłem sobie na ten wzrok, ale nie zamierzałem dać jej satysfakcji i się do tego przyznać. Zgoda, porwałem tę kobietę i wbrew jej woli zabrałem ją na swój statek, lecz nie w tym rzecz.

– Posłuchaj mnie, paniusiu – rzekłem, ostatni w kolejce do przeprosin. – Nie wiem, czy zdajesz sobie sprawę z tego czy nie, ale tam na dole twoi ludzie próbowali cię zabić. Strzelali do nas wszystkich, nie tylko do mnie i do Abigail. Do wszystkich.

– Dlatego, że to, co ukradliście, jest o wiele cenniejsze niż jedno życie, także moje.

– Naprawdę? – zapytałem, z rękami skrzyżowanymi na piersi opierając się o drzwi. Jej, w przeciwieństwie do Alphonse'a, który był wyszkolonym zabójcą i szpiegiem, zdecydowałem się nie mieć przez cały czas na muszce. To nie oznaczało, że nie zachowywałem odpowiedniego dystansu. Musiałem się liczyć z tym, że ta kobieta jest kimś innym niż osobą, za którą się podaje. Nauczyła mnie tego Abigail. – Unia ma cię w nosie. Wszystkich ma w nosie. Nieważne, kim jesteś ani jaką wykonujesz pracę. – Zacząłem się śmiać. – Na litość boską, byłaś główną badaczką w jednym z najbardziej prestiżowych obiektów, a i tak mało cię nie zabili. Ja widzę to tak, że nic nie jesteś winna Unii, a już na pewno nie musisz się wykazywać w stosunku do nich lojalnością.

– Pan rzeczywiście raczy mnie wykładem na temat etyki i lojalności? – zapytała. – Interesujące, zważywszy że jest pan Renegatem. Nie jest tak, że pan i ludzie tacy jak pan na co dzień mordują i kradną?

– Cóż, bardzo się staram – odparłem i puściłem do niej oko.

Skrzywiła się, najwyraźniej zniesmaczona moją czarującą osobowością. Jej strata.

– Proszę mnie wypuścić, a obiecuję, że nikomu nie pisnę ani słowa – rzekła.

– Coś ci powiem, doktorko – zacząłem. – Wykaż się odrobiną cierpliwości i posiedź jeszcze trochę w tym pokoju. Muszę ogarnąć swoje sprawy, a kiedy będę miał wolną chwilę, dam ci prom i odlecisz stąd sobie. Co ty na to?

Przez chwilę przyglądała mi się z dziwnym wyrazem twarzy, jakby czekała, aż odwołam to, co powiedziałem.

– To jakiś żart? – zapytała w końcu.

– W żadnym razie – odparłem zgodnie z prawdą. – Nie kłamałbym w takiej kwestii. Wbrew temu, co pewnie myślisz sobie na mój temat, to nie ja jestem tym złym. Nie tym razem, bez względu na to, jak bardzo chciałbym, aby było inaczej.

– Czemu miałby pan pozwolić mi odejść ot tak?

– Bo to oznacza jedną gębę mniej do wykarmienia. Jedną osobę mniej do opieki – wyjaśniłem. – I szczerze, paniusiu? Nie jesteś warta zachodu. Mam załogę, którą się muszę opiekować, ale ty nie wchodzisz w jej skład.

– Świetnie – odparła, nie ukrywając rozdrażnienia. – Kiedy będę mogła opuścić to miejsce?

W reakcji na jej otwartość zaśmiałem się.

– Daj mi kilka dni. Puszczę cię, jak już oddalimy się trochę od Unii. Może tak być?

– Porwał mnie pan i teraz pyta, czy może tak być?

– Aha – odparłem i zastukałem się w brodę. – Cóż, będzie musiało.

Zamknąłem drzwi, pozostawiając ją samą w pokoju, tak by mogła podumać nad naszą rozmową. Przypuszczalnie nazwie mnie w myślach potworem, wmówi sobie, że jestem nikim innym jak psem, i będzie miała rację.

Zawsze byłem zwierzęciem.

W drodze do hangaru otrzymałem wiadomość od Atheny.

– Za chwilę opuścimy Slipspace, kapitanie.

– Ile trzeba czekać, aż uruchomi się szpital? – zapytałem, idąc przez korytarz.

– Niedługo. Sugeruję, byście zaczęli już transportować pacjenta – odparła.

Zacząłem biec krętym korytarzem, aż w końcu skręciłem po raz ostatni i dotarłem do hangaru. Moim oczom ukazali się siedząca obok Alphonse'a Octavia oraz wycierający ręce Bolin i Hitchens. Chyba były brudne od krwi.

– Hej! – zawołałem. – Jak on się trzyma?

– Jeszcze żyje – odparła Octavia.

– Skąd ta krew? – zapytałem, wskazując głową na dwóch krzepkich mężczyzn kilka metrów dalej.

– Nie wszystkim mogłam się zająć sama i zrobił się nieco większy bałagan, niż się spodziewałam – wyjaśniła. – Martwiłam się, że jeśli czegoś szybko nie zrobimy…

– Udało się? – przerwałem jej.

Kiwnęła głową.

– Na tyle, na ile można się było spodziewać.

Stanąłem nad Komisarzem i obserwowałem, jak oddycha. Wcale nie wyglądał, jakby spał. Snowi towarzyszy pewien spokój, a tego akurat w nim teraz nie było. Ze spoconą twarzą i krwią sączącą się mu przez koszulę na klatce piersiowej biedak wyglądał jak obraz nędzy i rozpaczy.

– Musimy go przenieść – oznajmiłem.

– Dokąd? – zapytała Octavia.

Spojrzałem na Bolina.

– Będziesz mógł pomóc?

Mężczyzna odłożył brudną szmatę i razem z Hitchensem podszedł do stołu, na którym leżał Alphonse.

– O ile tylko dam radę.

– Ja też – dodał Hitchens.

Kiwnąłem głową i ponownie spojrzałem na Octavię.

– Zabieramy go do sektora medycznego, tego miejsca z kapsułami, o którym ci wspominałem. Athena mówi, że niedługo zostanie aktywowane, więc musimy się pospieszyć.

– To dobra wiadomość, ale w jaki sposób zamierzasz go przetransportować? – zapytała.

– Zaczekajcie tutaj – rzuciłem, następnie szybkim krokiem udałem się w stronę Zbuntowanej Gwiazdy.

Po kilku minutach wróciłem z przyczepką na kółkach i ustawiłem ją obok Alphonse'a.

– Chcesz go przewieźć na *tym*? – zapytała Octavia.

– A czemu by nie?

Westchnęła.

– W porządku. Tylko ostrożnie. Zbyt dużo ruchu może źle wpłynąć na ranę. Doktorze Hitchens, może pan pomóc kapitanowi?

– Oczywiście – odparł naukowiec. Stanął w nogach Alphonse'a, położył dłonie na jego kostkach, następnie kiwnął do mnie głową.

Odczekałem, aż Octavia odjedzie, po czym zbliżyłem się do prawego boku Komisarza, mniej więcej w połowie ciała. Naprzeciwko mnie stanął Bolin. Razem unieśliśmy Alphonse'a ze stołu i delikatnie położyliśmy go na przyczepce.

– Bądźcie bardzo ostrożni – rzuciła ostrzegawczo Octavia, odjeżdżając na wózku jeszcze dalej, aby zejść nam z drogi. – Najmniejsze szarpnięcie może doprowadzić do przemieszczenia się kuli. Jeśli do tego dojdzie, nic się nie da zrobić.

– Będziemy uważać. Bolin, idziesz z nami. – Zacząłem ciągnąć przyczepkę, idąc szybko, lecz ostrożnie w stronę korytarza. – Chodźmy uratować życie tego chłopaka.

Z windy wyszliśmy na pokład dziewiętnasty, niedaleko sektora medycznego. Instrukcji udzieliła mi Athena, informując także, że przywracanie pełnej funkcjonalności potrwa jeszcze co najmniej kilka minut.

Przed chwilą opuściliśmy tunel, co oznaczało, że systemy Tytana mogą w końcu nabrać mocy. Po prostu zajmie to trochę czasu i tyle.

Zaprowadziłem naszą grupkę do trzeciego korytarza, a stamtąd weszliśmy do pomieszczenia numer siedem. Było jasne, że to właściwe miejsce – wejście ułatwiał brak drzwi. Przypuszczałem, że ten, kto projektował to miejsce, z pewnością chciał, aby pasażerowie mogli swobodnie się przemieszczać.

Wciągnęliśmy przyczepkę do pomieszczenia, pilnując przy tym, aby robić to w jak najdelikatniejszy sposób.

Zatrzymałem się i rozejrzałem. Zaskoczył mnie widok tych wszystkich urządzeń. Wzdłuż ścian znajdowały się duże kapsuły, dziesięć na każdej, natomiast na końcu widać było jakieś zamknięte pomieszczenie z drzwiami i oknami. Dojrzałem przez nie szafki z medycznymi zapasami.

– Athena, co teraz? – zapytałem, zerkając w sufit.

– Moc wraca właśnie na ten pokład. Umieśćcie, proszę, pacjenta w kapsule chirurgicznej – odpowiedziała Kognitywna.

– Której? – zapytała Octavia.

– Chwileczkę.

Po lewej stronie usłyszałem ciche piknięcie. Jedna z kapsuł podświetliła się, a wieko uniosło się, odsłaniając wyłożone poduszkami wnętrze.

– To znak dla nas – rzekłem.

Razem z Bolinem przełożyłem delikatnie Alphonse'a z przyczepki do kapsuły. Zajęczał i przez chwilę wydawało mi się, że odzyskał przytomność. Głowa jednak opadła mu na ramię i zarzęził. Bolin ujął chłopaka za brodę i obrócił mu głowę tak, by leżała prosto. Następnie cofnęliśmy się.

Wieko kapsuły natychmiast się opuściło, a całe urządzenie przechyliło się tak, że Alphonse leżał na plecach.

Obserwowaliśmy, jak kapsuła wypełnia się delikatnym światłem. Zbliżyłem się do niej, a za mną pozostali. Ze jej ścianek wysunęło się kilka małych patyków – nie, to były szczypce i wszystkie się jarzyły. Jedne z nich zbliżyły się do klatki piersiowej Alphonse'a, na chwilę znieruchomiały, po czym opuściły się, przenikając przez ciało do miejsca, gdzie czekała kula.

– To musi być utwardzone światło – stwierdziła Octavia.

– Utwardzone światło? – zapytał Bolin.

– Ten sam materiał, z którego zbudowana jest Athena – wyjaśniła.

– Fascynujące – mruknął Hitchens.

Obserwowałem, jak do pierwszych szczypców dołączają kolejne. Po chwili zaczęły się wycofywać, zabierając ze sobą metalową kulkę. Bez problemu wysunęła się z rany.

Pojawiło się trochę krwi, ale nie aż tyle, ile się spodziewałem. Szczypce przekształciły się w strzykawkę. Przeniosły się na bok kapsuły i napełniły się jakąś żelową substancją, którą następnie wstrzyknęły w ranę.

Wkrótce krew przestała płynąć, a szczypce się odsunęły, po czym zniknęły.

Już miałem zapytać, czy to wszystko, kiedy zza szyi Alphonse'a wysunęła się niewielka rurka i wbiła mu się pod skórę. Rurkę wypełniał płyn, który trafiał teraz do jego organizmu.

– Usuwanie ciała obcego zakończyło się sukcesem, natomiast tkanki pacjenta zregenerują się w ciągu godziny – oświadczyła Athena. Jej głos dobiegał z góry. – Funkcje życiowe pozostają stabilne.

Usłyszałem, jak Hitchens wzdycha z ulgą.

– Wyliże się z tego? – zapytał zza nas znajomy głos. Odwróciłem się i zobaczyłem, że w przejściu stoi obserwująca nas Abigail.

Zaskoczył mnie jej widok. Przyszła tu za nami? Dręczyły ją tak wielkie wyrzuty sumienia, że potrzebowała otuchy?

Nim zdążyłem cokolwiek powiedzieć, ponownie odezwała się Athena:

– Wkrótce dojdzie do siebie. Jego obrażenia zagrażały życiu w sposób umiarkowany.

– Słyszysz? – zapytałem, patrząc na Abigail. – Tylko w sposób umiarkowany. Chłopakowi nic nie będzie.

Octavia spojrzała na mnie i na Abigail, następnie oddaliła się od kapsuły.

– Skoro Komisarz jest pod opieką, chciałabym zająć się czymś innym. Mogę panów prosić?

– Och? – zapytał Hitchens.

Octavia wskazała na tył swojego wózka.

– Ach, tak, oczywiście – mruknął doktorek. Chwycił za rączki wózka i zaczął go pchać.

Za nimi udał się Bolin i obserwowałem, jak kierują się korytarzem w stronę windy.

Podeszła do mnie Abigail, skinęła głową, następnie nachyliła się, aby zajrzeć do środka kapsuły. Dotknęła szklanej tafli. W jej oczach dojrzałem pełnię wcześniejszego strachu.

Może nie zdawała sobie nawet z tego sprawy, ale to on krył się w tych jej pięknych zielonych oczach. Potworny strach, taki, którego człowiek w ogóle się nie spodziewa. Taki, któremu towarzyszy zdumienie i szok, a po wszystkim człowiek się zastanawia, jak to możliwe, że w ogóle sobie na niego pozwolił.

Od pierwszej chwili Abigail traktowała tego chłopaka jak śmiecia. Napędzała ją nienawiść: do Unii, do ludzi, którzy tak strasznie skrzywdzili Lex w laboratorium.

Wiedziałem, jak to jest tak nienawidzić… jak to jest pragnąć czyjejś śmierci z powodu tego, co ta osoba sobą reprezentuje. Zaryzykowałbym stwierdzeniem, że wiedziałem o tym lepiej niż większość ludzi, i może dlatego tak łatwo było mi dojrzeć następujące potem wyrzuty sumienia.

Wiedziałem jak to jest bać się samego siebie…

Bać się tego, co taka nienawiść może mi zrobić.

12

Alphonse uniósł powieki, po czym kilkukrotnie zamrugał. Oblizał usta i z trudem przełknął ślinę.

– Witaj z powrotem – powiedziałem, stojąc obok jego kapsuły.

Byliśmy tu sami; Abigail kilka minut temu wyszła, wkrótce jednak wróci.

– Gdzie…? – mruknął Alphonse, wyraźnie skonsternowany na widok otoczenia, w jakim się znajdował.

– Trafili cię w klatkę piersiową. Kula utkwiła blisko tętnicy, ale ją wyjęliśmy – wyjaśniłem. – Gratuluję. Będziesz żył.

– No to mi ulżyło – odparł, próbując się uśmiechnąć.

– Bardzo cię boli? – zapytałem.

Próbował usiąść.

– Jakoś wytrzymam. Dziękuję panu, kapitanie.

– Mnie nie dziękuj – odparłem i machnąłem ręką. – Ja nic nie zrobiłem.

Próbował się zaśmiać, lecz skończyło się to tylko kaszlem.

– Idiota z ciebie, że to zrobiłeś – rzekłem po krótkiej chwili milczenia. – Mało przez to nie umarłeś.

– Nie mogłem pozwolić, aby tamta kobieta zginęła – odparł.

Jego słowom towarzyszyła mina niewiniątka, ta, do której zdążyłem się już przyzwyczaić. Alphonse nigdy mi nie wyglądał na Komisarza, bo wyobrażałem ich sobie zupełnie inaczej. Jasne, umiał walczyć, ale zawsze wyglądał tak niewinnie, jakby był tylko chłopcem zdeprymowanym tym, że w ogóle się tutaj znajduje. A kiedy się z nim rozmawiało, miało się wrażenie, że prowadzi się rozmowę ze starym przyjacielem. Początkowo sądziłem, że obrał taką taktykę, aby zdobyć moje zaufanie, teraz jednak zaczynałem zmieniać zdanie. Może miał po prostu taki charakter i już. Może rzeczywiście był sympatycznym gościem.

– Ryzykowałeś własnym życiem, aby ocalić Abigail – powiedziałem i oparłem się ręką o bok kapsuły. – Traktowała cię jak gówno.

– Miała ku temu dobry powód – odparł. – Próbowała chronić dziecko. – W jego słowach pobrzmiewała szczerość, jakby rzeczywiście w to wierzył. – Muszę przyznać, że miałem pewne obawy co do tego, czy kula nie aktywuje bomby, którą we mnie umieściliście – kontynuował. Zachichotał cicho.

– Nie było żadnej bomby, Al. Nie domyśliłeś się tego? – zapytałem.

To była prawda. Choć wtedy nie miałem pewności co do Alphonse'a, umieszczenie bomby w jego brzuchu było zwykłym blefem. Athena wyjaśniła, że tego rodzaju operacja okazałaby się zbyt trudna, zwłaszcza mając na uwadze, jak małą mocą dysponował wtedy Tytan. Uznałem, że blef wystarczy, poza tym ja miałem refleks… a on pozbawiony był broni.

- Miałem niemal pewność, że pan kłamie - odparł. - Aczkolwiek takich rzeczy nigdy nie można być do końca pewnym.

Kiwnąłem głową.

- Nie ma za co.

- Słucham? - zapytał.

- Nie musisz dziękować za to, że nie wysadzono cię w powietrze.

Uśmiechnął się.

- Pan zawsze sobie żartuje.

- Co ty kombinujesz, Al? Co możesz ugrać, pomagając nam? Powiedz mi teraz prawdę, okej? Wiem, że w tej twojej głupiej głowie dzieje się więcej, niż może się wydawać.

Tym razem rzeczywiście się roześmiał.

- Musi pan coś zrozumieć, kapitanie. Choć może i chciałem wam pomóc, nadal jestem Komisarzem. Dopóki nie zgromadziłem wystarczających danych, nie mogłem mieć pewności, że stoi pan po właściwej stronie. - Odchrząknął. - Przeczytałem o Lex, kiedy pracowałem w Czerwonej Wieży. To tam Komisariat przechowuje wszystkie tajne protokoły. Jakiś czas wcześniej dowiedziałem się o tych eksperymentach od koleżanki, kogoś, kogo mogę nazwać współpracowniczką, ale nie przyjaciółką. Wspomniała o interesujących badaniach mających miejsce w Trzecim Laboratorium.

- Trzecie Laboratorium? - zapytałem. - To nazwa tego miejsca, gdzie przetrzymywano Lex?

Przytaknął.

- Właśnie tego. Zlokalizowałem pliki, które są umieszczone w systemie zamkniętym, co oznacza, że nie ma się do nich dostępu spoza obiektu. Zacząłem czytać o tym, co się tam dzieje, i przyznaję, że stało się to moją obsesją. Pragnąłem dowiedzieć się na temat tych dzieci wszystkiego, co tylko możliwe.

– Dzieci? – zapytałem. – Ile ich tam było? Wszystkie miały takie tatuaże jak Lex?

– Niezupełnie, bynajmniej nie dlatego, że nie podejmowano takich prób – odparł Alphonse. – Kiedy odkryto istnienie tego dziecka, zaczęto pracować nad replikacją oznaczeń. Wiele dzieci wykorzystano jako przedmioty badań, każde z innych powodów. Przeprowadzono tysiące testów, z których wszystkie zakończyły się niepowodzeniem, czego z pewnością zdążył się pan domyślić.

– Niepowodzeniem? Czy to znaczy, że te dzieci…?

– Obawiam się, że tak, kapitanie. Trudno sobie wyobrazić, jak wiele z nich straciło życie. Nawet po porwaniu dziewczynki Unia kontynuowała próby replikowania jej zdolności, z których żadna, o ile mi wiadomo, nie zakończyła się sukcesem.

– Jak wiele? – warknąłem.

Zawahał się.

– Setki. Może więcej.

Wpatrywałem się w niego z niedowierzaniem, próbując wyobrazić sobie tak dużą liczbę dzieci, z których wszystkie nie żyją. Nie mieściło mi się to w głowie.

– Szczerze, kapitanie? Nie miałem pewności, czy wy jesteście lepsi – dodał Alphonse. – A przynajmniej dopóty, dopóki nie byłem was w stanie obserwować.

– Obserwować? – zapytałem, otrząsając się z ponurych myśli. – Z tego, co pamiętam, pojmaliśmy cię i wsadziliśmy cię do celi. Twierdzisz, że to wszystko było częścią planu?

– Nie wszystko poszło gładko, pamięta pan przecież Dockera. Ja chciałem jedynie sprawdzić, czy w kwestii tej dziewczynki można panu zaufać.

– A gdyby się okazało, że nie? – zapytałem, podnosząc wzrok. – Coś sobie przypominam, że celowałem do ciebie z pistoletu… więcej niż raz.

– Wiedziałem, że mnie pan nie zastrzeli. Nie jest pan tego typu człowiekiem, który strzela do nieuzbrojonego.

– Czynisz wiele założeń – zauważyłem.

– Nie – odparł. – Ja prowadzę badania. Zdziwiłby się pan, co można znaleźć w bazie danych w Wieży. Są tam profile was wszystkich.

– Czyżby? – zapytałem z drwiącym uśmieszkiem.

– Jest pan człowiekiem honoru, kapitanie Hughes, bez względu na to, czy chce się pan do tego przyznać czy nie – oświadczył Komisarz.

– Wsadź sobie gdzieś taką gadkę, Al – fuknąłem.

Wracałem właśnie z sektora medycznego, kiedy zobaczyłem Octavię. Była sama. Skinąwszy głową, zapytałem:

– Gdzie profesor?

– Pomaga Bolinowi uprzątnąć jedno z pomieszczeń, tak by Camilla mogła mieć własny pokój – wyjaśniła.

Odkąd tu przybyliśmy, Camilla i jej ojciec dzielili jedno pomieszczenie. Wtedy mogliśmy korzystać tylko z głównego pokładu, lecz teraz, kiedy moc została przywrócona, możliwości były nieograniczone.

– Idziesz sprawdzić, jak się czuje Alphonse? – zapytałem.

– Niezupełnie – odparła. – Athena twierdzi, że jest w stanie otworzyć tamten schowek z medycznymi zapasami. Uznałam, że się im przyjrzę.

– Schowek z zapasami? A czy przypadkiem wszystko nie jest przeterminowane?

– Nie wszystko. Ten statek z założenia miał podróżować przez wiele pokoleń. Zadano sobie wiele trudu, aby część tych zapasów pozostawała w stanie hipostazy.

– Skoro na tym poziomie nie było zasilania, jak te zapasy mogły się nie popsuć?

– Rezerwy mocy – wtrąciła Athena. Na dźwięk jej bezcielesnego głosu oboje się wzdrygnęliśmy. – Proszę wybaczyć, że wam przeszkodziłam, kapitanie, ale odpowiadając na pańskie pytanie: jest wiele systemów awaryjnych powiązanych bezpośrednio z zapasową dostawą mocy. Istnieje cała rozpiska priorytetów, aby mieć pewność, że najbardziej kluczowe elementy nie zostaną pozbawione zasilania.

– No widzisz? – Octavia minęła mnie na wózku. – Dokonam inwentaryzacji i dam ci znać czym dysponujemy. Mam nadzieję, że znajdę tam coś przydatnego.

Wjechała do windy i przyglądałem się, jak drzwi się zasuwają.

– Kapitanie – odezwała się Athena. – Chciałabym zamienić z panem słówko.

– O co chodzi? – zapytałem.

– Pojawił się pewien problem wymagający pańskiej natychmiastowej uwagi. – Objawiła się obok mnie w fizycznej postaci.

Moja dłoń powędrowała od razu do pistoletu.

– Ja pierdolę.

– Wykrywam ruch zbliżający się w stronę naszych aktualnych koordynatów. Sądzę, że to statek Unii, dość duży, a razem z nim wiele innych.

– Duży statek? – zapytałem. W mojej głowie od razu pojawił się najgorszy możliwy scenariusz.

Kiwnęła głową.

– Już go widzieliśmy. Galaktyczny Świt.

Słysząc tę nazwę otworzyłem szeroko oczy.

– Świt? Jesteś pewna?

– Nie mogę tego potwierdzić ze stuprocentową pewnością, jednak zważywszy na jego rozmiar i kształt, jest to bardzo prawdopodobne – odparła.

– Wygląda na to, że to nie koniec kłopotów – stwierdziłem. – Mamy wystarczająco dużo czasu na ucieczkę?

– Zjawią się tu za kilka minut. Przepraszam, że nie poinformowałam o tym wcześniej, lecz moje czujniki dalekiego zasięgu wykryły ich dopiero po przywróceniu mocy.

Zrobiło mi się gorąco w policzki i poczułem rosnące napięcie w ciele.

– Przekaż wszystkim, aby czekali na mnie w hangarze – oświadczyłem. – Naszykuj całą dostępną broń i przygotuj się na skok do Slipspace.

– Zrozumiałam, kapitanie – odparła Kognitywna.

Nagle zniknęła, pozostawiając mnie na korytarzu samego. Puściłem się biegiem w stronę swojego statku, napędzany nadzieją, że zostało nam wystarczająco dużo czasu.

13

W hangarze zjawili się wszyscy, łącznie z dziećmi. Ja znajdowałem się już na Gwieździe, przygotowując statek do startu, gdyby miała zajść taka potrzeba.

Stuknąłem się w ucho.

– Siggy, połącz mnie z pozostałymi.

– Oczywiście, proszę pana – odparła AI. – Proszę mówić, gdy będzie pan gotowy.

Odchrząknąłem.

– Nie wiem, czy Athena wam wspomniała, ale leci tutaj Brigham. Może się zjawić w każdej chwili – wyjaśniłem.

– Jest w drodze? – zapytała Abigail, która stała obok Freda i Hitchensa.

Bolin przechylił głowę.

– To ten człowiek, który was ściga? Ten generał?

– Właśnie on – potwierdziłem. – Zbliża się w towarzystwie wielu innych statków. Athena przygotowuje silniki Tytana, ale potrzebuje trochę czasu. Ten nowy rdzeń nie zintegrował się jeszcze w pełni.

– Co to oznacza dla nas? – zapytała Octavia.

– To, że musimy grać na zwłokę – odparłem. – Athena, słyszysz mnie?

– Tak, kapitanie – potwierdziła Kognitywna.

– Wylatuję Gwiazdą, aby rozmieścić przed nami kilkanaście min. Utworzymy tunel i nie mając innego wyjścia, będą musieli przelecieć przez te bomby – wyjaśniłem.

– W jaki sposób możemy pomóc? – zapytała Abigail.

– To robota dla jednej osoby. Wy tu zostaniecie, a w tym czasie ja i Siggy zajmiemy się minami. – Przypiąłem się do fotela i uruchomiłem silniki.

– Nie możesz oczekiwać, że będziemy tu czekać, gdy tymczasem ty wylatujesz stąd sam – zaprotestowała Abigail.

– A dlaczego nie? Nie jesteście mi potrzebni do pomocy przy rozmieszczaniu paru bomb – odparłem.

– W czasie, kiedy będziesz to robił, ktoś musi ogarniać broń – oświadczyła.

– Potrafię robić jedno i drugie naraz. Już to przerabiałem.

Podbiegła do statku.

– Sigmondzie, otwórz te cholerne drzwi!

– Przyjąłem do wiadomości – odparł Siggy.

Drzwi windy opadły powoli.

– Do diabła, Siggy! – warknąłem. – Masz wypełniać tylko moje rozkazy!

– Przepraszam, ale pani Pryar była raczej uparta.

Abigail weszła na statek i biegiem ruszyła w stronę kokpitu. Zamknąłem windę.

– Pozostali mają czekać na nasz powrót!

– Do zobaczenia – rzucił Bolin.

– Postarajcie się nie zginąć – dodała Octavia.

Abigail walnęła dłonią w drzwi i otworzyłem je. Usiadła na sąsiednim fotelu i się przypięła.

– Nie mogę uwierzyć, że prawie mnie tu zostawiłeś, Jace.

– Nie chciałem, abyś ryzykowała – odparłem.

Skrzywiła się.

– Nieważne, czego chcesz. Liczy się to, co jest najlepsze dla zespołu! A na pewno nie twoja ucieczka w pojedynkę. Wprost przeciwnie. Co się stanie, jeśli zginiesz?

Westchnąłem.

– Nie mogę wykluczyć takiej opcji.

– Ze mną ci to nie grozi – oświadczyła z mocą.

Zbuntowana Gwiazda oderwała się od pokładu Tytana, następnie wyfrunęła na otwartą przestrzeń, pozostawiając resztę załogi na gigantycznym księżycu. Na razie będą tam bezpieczni, a my w tym czasie rozmieścimy bomby.

A potem Tytan otworzy tunel i się stąd zwiniemy.

Tunel otworzył się w czasie, kiedy rozmieszczaliśmy jeszcze miny, i do układu wleciał pierwszy statek. Nie był to jednak Galaktyczny Świt, lecz inny unijny statek wojskowy.

– Kapitanie Jace'u Hughesie ze Zbuntowanej Gwiazdy, jesteś aresztowany pod zarzutem uprowadzenia…

Przerwałem transmisję.

– Zamknijcie się – warknąłem, wiedząc, że mnie nie słyszą.

Wypuściłem ostatnią z min. Mała czarna bomba wysunęła się z mojego statku w przestrzeń, po czym zastygła w bezruchu.

– Naprawdę myślisz, że to wystarczy, aby spowolnić te statki? – zapytała Abigail.

– Jak najbardziej. – Wycofałem nas z linii otaczających Tytana ładunków wybuchowych.

– Proszę pana – odezwał się Sigmond. – Zbliżający się statek ładuje właśnie broń.

– Unieś tarcze! – warknąłem.

W nasz bok trafił pocisk, lecz tarcze zamortyzowały większość szkód.

– Idioci – burknąłem. – Jeśli nie będą uważać, to trafią w te miny.

Obróciłem nas przodem do statku wroga. Abigail chwyciła za drążki i wystrzeliła serię pocisków.

W tym momencie z tunelu zaczęły się wyłaniać kolejne statki. Nim zdążyłem odezwać się choćby słowem, niedaleko utworzyła się następna szczelina. To był zupełnie inny tunel, co oznaczało jeszcze więcej posiłków.

– Czujniki wykrywają nadlatujący statek Sarkonian – poinformował Siggy.

Miałem ochotę siarczyście zakląć. Nie spodziewałem się tak wielu aż tak szybko.

– Zacznij strzelać! – rzuciłem do Abigail, a sam skręciłem pod kątem dziewięćdziesięciu stopni, żebyśmy mogli się oddalić od min i nadciągającego statku.

Daliśmy nura, unikając pocisków. Drugi statek ruszył w moją stronę i przez krótką chwilę zastanawiałem się, czy nie spróbować zwabić go bliżej pola minowego, powstrzymałem się jednak. Marnowanie bomb na tak mały statek było kompletnie pozbawione sensu. Potrzebowaliśmy ich na Galaktyczny Świt, który jeszcze się nie pojawił.

W głośnikach rozległ się głos Atheny:

– Kapitanie, silniki osiągnęły pełną moc. Tworzę właśnie tunel. Proszę natychmiast wrócić na Tytana.

– Daj mi chwilę, do cholery! – wrzasnąłem, pociągając za drążek na konsoli.

Oblecieliśmy drugi statek i Abigail nie przestawała go ostrzeliwać, raz za razem trafiając w jego tarcze.

– Siggy, jaki jest status tego statku? – zapytałem.

– Przeprowadzam analizę. Używa standardowej tarczy średniego poziomu. Dwa bezpośrednie trafienia z poczwórnego działa powinny ją rozbroić.

– Słyszałaś? – zapytałem, zerkając na Abby. – Postaraj się!

Kiwnęła głową, następnie odwróciła się i wycelowała, przesuwając dłonią nad namierzającym holografem na desce. Wystrzeliła pierwsze pociski i chybiła.

Zaklęła, zmrużyła oczy i spróbowała ponownie. Tym razem torpeda trafiła w statek i usłyszałem, jak Abigail oddycha z ulgą. Szybko wystrzeliła kolejną. Ta połączona siła dwóch pocisków okazała się wystarczająca, aby tarcza pękła.

Podleciałem bliżej.

– Jeszcze raz! – krzyknąłem.

Nachyliła się z dłonią zaciśniętą na drążku, a chwilę później zasypała ten cholerny statek pociskami. Przebiły kadłub, rozłupując go niemal na pół, i zapaliły silniki. Statek spektakularnie eksplodował w chwili, kiedy my zawróciliśmy w stronę min.

W tym samym momencie w stronę pola ruszyły pozostałe statki. Każdy aktywował tarcze i broń. Nie zamierzano pozwolić, aby Tytan odleciał, a przynajmniej nie bez próby jego zatrzymania.

Pierwszy statek floty – niewielka unijna jednostka podobna do tej, na której znaleźliśmy Alphonse'a – od razu nadział się na minę. Eksplozja unicestwiła ten mały statek, rozrywając go na setki, o ile nie na tysiące kawałków. Reszta floty zatrzymała się – było oczywiste, że czekają na nich bomby.

Nie minęło kilka sekund, a statki zaczęły wystrzeliwać w stronę pola minowego pociski, próbując w ten sposób oczyścić sobie drogę. Była to metoda niezbyt szybka, niemniej skuteczna.

Pomiędzy flotą a Tytanem przygotowaliśmy trzy heksagonalne warstwy min, co było najlepszym modelem, jaki udało nam się utworzyć w tak krótkim czasie. Flota dość szybko przedrze się przez to pole, lecz Athena potrzebowała tylko kilku chwil.

Ze środka Tytana wystrzeliły wiązki światła, tworząc w przestrzeni wyrwę, a razem z nią – nowy tunel. Proces ten okazał się bardzo szybki i nie minęło kilka sekund, a tunel stał otworem.

– To sygnał dla nas – rzekłem. – Siggy, przenieś nas…

Nim zdążyłem dokończyć zdanie, poczułem, jak całym statkiem zarzuca w bok, jakby coś w nas trafiło.

– Co to było?! – zapytałem.

– Nasze tarcze znajdują się pod ciężkim ostrzałem, proszę pana – wyjaśnił Sigmond. – Długo tak nie wytrzymamy.

– A teraz to kto, do jasnej cholery?

Holo zmieniło się i pokazało strzelający w nas sarkonijski statek. Znajdował się zdecydowanie zbyt blisko, abyśmy mogli czuć się bezpieczni.

Abigail obróciła się na fotelu.

– Uciekamy?

– Najpierw go zdejmiemy! – odwarknąłem.

– Jeśli nie będziemy ostrożni, skończy się to dla nas brakiem tarczy! – odparowała.

– Nie możemy pozwolić, aby polecieli za nami do Tytana.

Obróciłem statek i wycelowałem w statek Sarkonian. Abigail posłała w jego stronę serię pocisków, to go jednak nie spowolniło.

– Proszę pana, wykrywam ruch na powierzchni wrogiego statku – oświadczył Sigmond.

– Jakiego rodzaju ruch? – zapytałem.

– Wydaje mi się, że dokonują rozmieszczenia broni.

Holo pokazało, jak część statku chowa się do kadłuba, odsłaniając coś, co wyglądało jak działo.

– A co to niby jest? – zapytałem.

– Torpedy! – warknęła Abigail.

Poczwórne działo oddało celny strzał w statek wroga. Nim jednak zdążyliśmy sobie pogratulować, coś trafiło w bok naszego kadłuba.

Zbuntowaną Gwiazdą zatrzęsło, a ja poleciałem do przodu.

– Co to było?

– Wrogi statek został unieszkodliwiony – oświadczył Sigmond.

– Nie o to pytałem, do jasnej cholery!

Abby dotknęła deski i przywołała analizę czujników kadłuba.

– Wygląda na to, że po drugiej stronie statku coś jest – rzekła.

Zrobiłem zbliżenie na obiekt jarzący się czerwienią na tle niebieskiego zarysu naszego kadłuba.

– Siggy, przeskanuj to coś. Sprawdź, co to jest.

– Dokonuję analizy… – odparła AI. – Ten obiekt to bomba neutronowa uzbrojona do zdalnej detonacji.

– Czy on powiedział „bomba”? – zapytała Abigail.

– Owszem – potwierdziłem. Przyciągnąłem do siebie drążki, zmieniając nasze położenie o sto osiemdziesiąt stopni. – Musimy się oddalić od pozostałych statków, zanim jeden z nich trafi w nas i zdetonuje to coś.

– Powinniśmy zadokować we wnętrzu Tytana?

Pokręciłem głową.

– Nie możemy tam wlecieć razem z bombą. – Zastukałem w konsolę, aktywując komunikator. – Athena, słyszysz mnie?

– Potwierdzam – odparła.

– Wleć w tunel. Będziemy zaraz za wami. Musimy się najpierw czymś zająć.

– Na pewno? – zapytała Athena. – Co opóźnia wasz powrót? Potrzebujecie pomocy?

– Mamy na sobie bombę. Nie mogę ryzykować i wrócić razem z nią.

– Kapitanie, muszę nalegać, abyście nie…

– Rób, tak jak mówię!

– Jak pan sobie życzy – powiedziała Athena. – Przekażę Sigmondowi naszą kolejną lokalizację. Proszę o przyjęcie danych.

– Koordynaty otrzymane – odezwał się Sigmond.

– Słyszysz? – zapytałem. – Mamy je. A teraz zwijajcie się stąd! Spotkamy się na miejscu!

– Przyjęłam do wiadomości, kapitanie. Powodzenia – rzekła Kognitywna.

Kilka wrogich statków zaczęło się przemieszczać w stronę Tytana, który wleciał do nowo utworzonego tunelu, stopniowo znikając, aż w końcu cały się w nim zanurzył. Pozostałe statki wleciały na pole minowe, zdeterminowane, aby nie pozwolić Tytanowi uciec.

Sprawdziłem podane przez Athenę koordynaty – kolejny tunel na końcu układu.

Zbuntowana Gwiazda zaczęła oddalać się od floty, starając się jak najbardziej zwiększyć dystans. Mój statek może i nie należał do najszybszych w galaktyce, ale dzięki temu, że tak byli zajęci minami i Tytanem, istniała szansa, że uda nam się stąd uciec.

Odpiąłem uprząż.

– Zostań tutaj i pilnuj kierunku – oświadczyłem i wstałem z fotela. Wcisnąłem guzik otwierający drzwi.

– A ty dokąd się wybierasz? – zapytała Abigail.

– Może zapomniałaś, ale na dupie mamy bombę. Ktoś musi się nią zająć.

– Sam? Jak zamierzasz…

Puściłem się biegiem przez korytarz.

– Odezwę się przez komunikator, kiedy będę na zewnątrz! – zawołałem przez ramię.

Udałem się prosto do ładowni. Szafki były otwarte, więc szybko wyciągnąłem jeden z kombinezonów i zacząłem się ubierać.

– Siggy, kiedy dojdzie do reaktywacji naszych tarcz? – zapytałem, wsuwając ręce przez rękawy.

– Sarkonijski statek do zakłócenia biegunowości naszych tarcz użył ładunku elektromagnetycznego. Skutki są tymczasowe. Częściowa moc powróci w ciągu trzydziestu sekund – odpowiedziała AI.

– Doskonale – orzekłem, zabezpieczając się w pasie. – Aktywuj tarcze najszybciej, jak to możliwe.

– Jak pan sobie życzy.

Założyłem kask, następnie odbezpieczyłem zbiornik z tlenem. Do kasku wlał się chłodny smak powietrza i usłyszałem echo własnego oddechu. Nagle stałem się aż nadto świadomy tego, jak szybko bije mi serce.

– Ja pierdolę – mruknąłem. – I po co mi te wszystkie kłopoty?

Kiedy tarcze zostały aktywowane, wysiadłem z windy i w magnetycznych butach ruszyłem powoli, krok za krokiem, w stronę bomby.

Tak się akurat złożyło, że znajdowała się w tej części kadłuba tuż nad moim pokojem. „Jeśli się okaże, że mi go zniszczyła, ostro się wkurwię", pomyślałem.

– Abigail, słyszysz mnie? – zapytałem, uruchamiając połączenie.

– Tak! – odpowiedziała. Nie towarzyszyły temu praktycznie żadne zakłócenia.

Zrobiłem kolejny krok, pozwoliłem, aby magnes w bucie w pełni objął powierzchnię kadłuba, następnie ruszyłem dalej.

– Jestem już prawie przy tej bombie. Skup się na tym, aby dowieźć nas do tunelu.

– Znajdziemy się tam za… sześć minut – odparła.

– Możliwe, że usuwanie tego zajmie mi nieco więcej czasu, ale damy radę – rzekłem, robiąc kolejny krok.

Widziałem już tę wypukłość w kadłubie, kilka metrów od środkowej części Zbuntowanej Gwiazdy. Wyglądała jak rakowata narośl, jak niepasujący do tego miejsca trujący obiekt.

Szedłem powoli w tamtą stronę, coraz bardziej świadomy niebezpieczeństwa, na które się narażam. Każdy krok przybliżał mnie do tej przeklętej bomby.

Dałem krok nad śluzą, pilnując się, aby nie dotknąć szklanego okienka, gdyż nie było zrobione z metalu, a ostatnie, czego mi było trzeba, to utrata równowagi.

– Proszę pana, bardziej szczegółowa analiza tego urządzenia wyłoniła niewielki problem – odezwał się Sigmond.

– Co tym razem? – zapytałem. Od bomby dzieliły mnie już tylko dwa metry.

Obudowa to standardowy sarkonijski półmetal, natomiast mechanizm zamykający i panel są pokryte warstwą neutronium, co znacznie utrudnia otwieranie. Możliwe, że zamiast go rozbrajać, lepiej będzie to urządzenie ręcznie usunąć.

– Twierdzisz, że nie dam rady go otworzyć?

– Zgadza się.

Warknąłem głośno.

– Dobijasz mnie, Siggy.

– Najmocniej przepraszam. Nie było to moim zamiarem.

Westchnąwszy, zrobiłem ostatni krok, następnie nachyliłem się, tak że od bomby dzieliło mnie pół metra. Z przytwierdzonego do boku małego pudełka wyjąłem termiczną piłę.

– Pora na operację.

Po trzech minutach miałem niemal pewność, że niechcący wysadzę swój statek w powietrze.

Za pomocą termicznej piły rozgrzałem kadłub i powoli zmiękczyłem obszar wokół bomby.

Z czoła kapał mi pot i miałem wrażenie, że znajduję się w saunie. Rzeczywiście aż tak się denerwowałem?

Ręce nie przestawały mi się trząść, więc najwyraźniej tak. Nie pozwoliłem jednak, aby to mnie powstrzymało przed wykonaniem swojej roboty. Bo przecież nie było tak, że zjawi się tu ktoś inny i nas uratuje. Wszystko zależało ode mnie.

Uśmiechnąłem się ironicznie na tę myśl. Nie tak dawno to samo powiedziałem Camilli. Wszechświat był do bani i jedyna osoba, na której możesz polegać, to ty sam. Może to była prawda, ale w tej akurat chwili w środku znajdowała się Abigail i sterowała Gwiazdą. Nie musiała tu ze mną być na tej idiotycznej misji.

Sama zdecydowała się towarzyszyć… stawiając się w tej sposób na linii frontu.

Przewróciłem oczami. „Oznacza to tylko, że oboje jesteśmy idiotami", pomyślałem, lekko się przy tym uśmiechając. „No ale mimo wszystko lepiej być głupcem w towarzystwie niż zostać samemu i zginąć".

Kontynuowałem topienie metalu wokół podstawy bomby, dystansując ją od kadłuba centymetr po centymetrze.

– Jace, zaraz dotrzemy do tunelu – usłyszałem w uchu głos Abigail. – Kiedy wrócisz do środka?

– Jeszcze się z tym bawię. Chwila – odparłem.

– Zrozumiałam.

Chwyciłem za bok bomby i pociągnąłem, próbując wyszarpnąć spodnią część z wgniecenia w kadłubie. Jedno z migających światełek zmieniło się z zielonego na pomarańczowe, po raz pierwszy, odkąd się tu zjawiłem.

– Co to ma…

– Bomba się ładuje, proszę pana – powiedział Sigmond. – Proszę zachować ostrożność. Powtarzam, bomba się…

– Kurwa! – Zaparłem się, próbując wyciągnąć ją z rozmiękczonego kadłuba. – Siggy, bądź gotowy, aby opuścić tarczę od razu, gdy ci powiem!

– Tak, proszę pana.

Chwyciłem ładunek wybuchowy obiema rękami i pociągnąłem. Nie chciała wyjść, bo pozostawała przytwierdzona cienkim fragmentem miękkiego metalu. Kucnąłem, odepchnąłem się od statku i pociągnąłem najmocniej, jak byłem w stanie. Opór nagle zniknł i mało nie przewróciłem się na plecy.

Obróciłem się w miejscu i uniosłem bombę na wysokość torsu, kierując się w stronę tylnej części Zbuntowanej Gwiazdy.

– Teraz, Siggy! Opuść tarcze!

Obszar wokół statku zamigotał.

– Tarcze opuszczone, proszę pana – poinformował Sigmond.

– No to jedziemy! – zawołałem i odepchnąłem od siebie tę megatonową bombę. Odfrunęła i nadal kierowała się w tę stronę, w którą obecnie lecieliśmy, lecz dzięki mojemu pchnięciu lekko zboczyła z kursu.

– Doskonała robota, proszę pana – pochwalił Sigmond.

– Dzięki, Siggy. – Pozwoliłem sobie odetchnąć. – Unieś tarcze, gdy tylko to coś znajdzie się poza naszym…

Nim zdążyłem dokończyć polecenie, bomba eksplodowała. Statkiem natychmiast rzuciło, a siła wybuchu oderwała mnie od kadłuba. Zacząłem spiralnie spadać w próżnię, coraz dalej od Gwiazdy, nie będąc w stanie wyrównać swojego kursu.

Próbowałem coś powiedzieć… zapytać Abby, czy nic jej nie jest… zapytać Siggy'ego, czy statek nie ucierpiał.

Przede wszystkim próbowałem nie dopuścić do zamknięcia oczu.

14

Poczułem na nadgarstku dłoń, która wyciągała mnie z łóżka. Nie zdziwiłem się, bo już wcześniej słyszałem ciężkie kroki mojego ojca i wyczułem zapach alkoholu.

– Wstawaj, Jacey – popędził mnie staruszek. – Chcę ci coś pokazać.

Skakałem na jednej nodze, kiedy ciągnął mnie przez mój pokój w stronę drzwi i dalej do dużego pokoju.

Wiedziałem, o co mu chodzi. Kilka godzin temu, zanim wyszedł do baru, słyszałem, jak krzyczy na mamę. Chciał stąd wyjechać i dołączyć do wujka Teddy'ego, który mieszkał na Talos, kolonii leżącej najbliżej Epsy. Tam były perspektywy, tak jej mówił. Mój tata zawsze nawijał o perspektywach.

Nim dotarliśmy do kanapy, potknął się o obluzowaną deskę w podłodze.

– Jasny gwint! – zawołał. – Zapomniałem ją naprawić. Czemu mi nie przypomniałeś o tej przeklętej desce?

Naprawiał ją już od trzech miesięcy i jakoś nigdy nie udawało mu się znaleźć na to czasu.

Usiadłem na kanapie, tata zaś posadził swój wielki tyłek na stołku przede mną. Widziałem przytwierdzony do jego biodra pistolet, ten, który nosił przy sobie, odkąd skończył szesnaście lat. Ten, z użyciem którego, jak twierdził, zabił ponad czterdziestu ludzi.

– Twoja mama mówi, że się nie nadaję, Jacey – oświadczył górnik z nadwagą. – Mówi, że ludzi takich jak my nic już lepszego nie spotka. Co ty na to?

– Czemu mama tak mówi? – zapytałem, nie wierząc, że to prawda.

– Ona kompletnie nic nie wie, Jacey. Ta kobieta jest ograniczona. – Zakaszlał w garść i palce mu ubrudziła szara wydzielina. – Ty i ja jesteśmy z innej gliny, no nie? Będziemy Renegatami i będziemy mieli ekstra życie!

– Taaak! – wykrzyknąłem podekscytowany na sam dźwięk tego słowa.

Ojciec zaczął mi niedawno opowiadać o Renegatach i o tym, jak wspaniałe wiodą życie. Twierdził, że wszyscy mają własne statki i podróżują po całej galaktyce, robiąc to, co im się żywnie podoba.

– Ta cholerna planeta schodzi na psy, a ja mam tyle oleju w głowie, aby widzieć, w którą stronę wieje wiatr. Kapujesz, o co mi chodzi, Jacey? – zapytał.

Pokiwałem głową.

– Tu śmierdzi!

Zaśmiał się.

– Twoja mama to prosta kobieta. Ona tego nie widzi. A ty tak, no nie, Jacey?

Ponownie przytaknąłem.

– Tak, tato! Śmierdzi jak nie wiem! – Zatkałem nos, próbując to zademonstrować.

Patrzył na mnie z niemądrą miną, jakby na chwilę stracił rezon, w końcu jednak uśmiechnął się znacząco.

– Właśnie tak. Rozumiesz to. Oczywiście, że mój chłopak rozumie. – Krzepką ręką klepnął mnie w kolano i posłał mi krzywy uśmiech. – Wiesz, co mam w kieszeni, Jacey? – zapytał, po czym nie dając mi szansy na udzielenie odpowiedzi, sięgnął do niej. Usłyszałem szelest, a chwilę później przed moją twarzą pojawiła się mała kartka. – Wiesz, co to takiego? – zapytał. – Bilet. Specjalny bilet, taki, o którym zawsze gadaliśmy.

Otworzyłem szeroko oczy.

– Kupiłeś bilet w kosmos? – zapytałem z niedowierzaniem. – No co ty!

Wcisnął mi go pod nos, niezdarnie uderzając mnie przy tym w czoło. Nie przejąłem się tym, bo zbyt byłem zajęty próbą odczytania tego, co widnieje na bilecie.

KLASA – STANDARD
  GODZINA ODLOTU – 15:00
  OSOBA DOROSŁA – JEDNA
  Z – VERNIN, EPSY
  DO – ARENSDALE, TALOS

– Widzisz? – zapytał. – Teraz możemy zająć się tym, czego zawsze chcieliśmy, Jacey.

– Hura! – wykrzyknąłem.

Uśmiechnął się.

– Koniec mieszkania w tej zasranej dziurze. Zobaczysz,

nie minie dużo czasu, a wszyscy od Unii po Sarkonię będą mówić o Hughesach. Mam rację?

– Nie ma lepszego człowieka od Hughesa! – zawołałem, cytując słowa, które często słyszałem z ust ojca.

Zaczął się śmiać, lecz skończyło się to głośnym kaszlem.

– Zabawny jesteś – wyrzęził. Te wszystkie lata w kopalniach zrobiły swoje.

– Kiedy lecimy? – zapytałem z uśmiechem. – Kiedy zostaniemy Renegatami?

Parsknął śmiechem.

– Zabawny jesteś, Jacey. Na Talos nie mogę zabrać ze sobą dziecka. Muszę się tam najpierw ogarnąć, żeby dostać dobrą robotę.

Ściągnąłem brwi, ale niepotrzebnie. Ojciec nigdy by mnie nie zostawił, gdyby nie musiał. Wiedziałem o tym.

– Nic się nie martw, Jacey. Po prostu będziesz tu musiał jakiś czas poczekać. Najpierw muszę sobie załatwić porządną robotę, ale jak tylko ją znajdę, tobie też kupię bilet. – Zawahał się. – I dla mamy. Teraz nie rozumie naszego marzenia, ale zmieni zdanie. Zaczekaj, okej?

– Okej, tato. Zaczekam i będę grzeczny – oświadczyłem, starając się zgrywać twardziela.

Wyszczerzył się.

– Założę się, że nie potrwa to dłużej niż miesiąc! Może nawet krócej, jeśli uda mi się urobić na promie jakieś grube ryby. – Próbował puścić do mnie oko, zamiast tego zamrugał obydwoma oczami. – Będzie ciężko, ale zaczekaj, Jacey. Zobaczysz, że mi się uda! – Rozległo się pukanie do drzwi i ojciec podskoczył, zaskoczony tym dźwiękiem. – To pewnie... – Spojrzał na mnie. – Eee... sorki, mały, ale muszę się zbierać, jeśli chcę zdążyć na jutrzejszy lot. Muszę się dostać do Vernin City. Pamiętasz, jak pojechaliśmy tam parę lat temu?

Kolejne pukanie, tym razem głośniejsze.

– Halo? – zawołał jakiś mężczyzna. – Miałem stąd kogoś zabrać.

Mój ojciec wstał.

– Już idę! – szczeknął, a łagodniejszym tonem rzekł: – Przepraszam, że tak to wyszło, Jacey, ale niedługo się zobaczymy, dobrze?

– Dobrze – przytaknąłem, starając się uśmiechać.

Obserwowałem, jak oddala się w stronę drzwi. Na chwilę się zatrzymał i odwrócił. Jego spojrzenie prześlizgnęło się po mnie, a na twarzy pojawił się wyraz, którego nie zrozumiałem. A potem uśmiechnął się do mnie.

– Pewnego dnia się nauczysz, Jacey… co to znaczy być mężczyzną. Pewnego dnia dowiesz się, jak to jest być mną.

Uderzył się w pierś, a potem zamknął za sobą drzwi.

I wybrał się na poszukiwanie lepszych perspektyw.

– Jace! – zawołał odległy głos.

Poruszyłem się w kombinezonie.

– Jace!

Uniosłem powieki i nagle aż się zachłysnąłem.

– Bogowie! – Przez chwilę nie wiedziałem, gdzie jestem i jak się tu znalazłem. – Ja pierdolę!

– Jace, nic ci się nie stało?! – krzyknęła mi do ucha jakaś kobieta.

Dopiero po chwili dotarło do mnie, kim, u licha, ona jest.

– Abby? – zapytałem.

Próbowałem odwrócić głowę i wtedy zorientowałem się, że jestem uwięziony w cholernym kombinezonie. No tak. Przypomniała mi się bomba.

– Nic się nie martw, zaraz zawrócę statek i po ciebie przylecę – oświadczyła Abby.

– Obawiam się, że to się może okazać trudne – wtrącił Sigmond.

– Co masz na myśli? – zapytałem.

– Wybuch uszkodził nasze silniki sterujące – wyjaśnił. – Funkcjonalność wynosi jedynie trzydzieści procent. Wiele minut potrwa, nim do pana dolecimy. Najmocniej za to przepraszam.

– Nigdzie się nie wybieram, ale wy lepiej ruszcie tyłki i się pospieszcie – rzekłem.

Nadal wirowałem po wybuchu, więc dotknąłem umieszczonego na ramieniu panelu sterującego i aktywowałem stabilizatory przytwierdzone do obu ramion. Każda z tych komór zawierała niewielką ilość skompresowanego azotu, co oznaczało, że należy ich użyć tylko w nagłym wypadku. Obecną sytuację można chyba do nich zaliczyć.

Gaz uwalniał się strumieniami, stopniowo zmniejszając mój pęd, aż w końcu znalazłem się niemal w bezruchu. Koniec wirowania i opadania w przypadkowych kierunkach. Zostało mi jeszcze wystarczająco gazu, abym w razie czego mógł się obrócić albo pofrunąć w innym kierunku.

Nie widziałem jeszcze Zbuntowanej Gwiazdy, ale w takich ciemnościach wcale się tego nie spodziewałem. Przestrzeń kosmiczna była bezkresna i pusta, a jedynymi przewodnikami pozostawały gwiazdy. Swój statek dostrzegę dopiero, gdy znajdzie się tuż przed moim nosem. Tytan to zupełnie inna historia, ale ten statek już dawno znalazł się poza naszym zasięgiem.

- Proszę pana, wykrywam dużą liczbę nadlatujących statków, które odłączyły się od floty – poinformował mnie Sigmond.

- Szturmowców? Ile? – zapytałem, patrząc w kierunku, gdzie powinna znajdować się flota. Nic nie widziałem, nawet tych większych statków, nie ustawałem jednak w swoich wysiłkach.

- Osiem, proszę pana.

Zbuntowana Gwiazda była w stanie poradzić sobie z dwoma statkami szturmowymi, może trzema, ale z ośmioma? W życiu.

- Kiedy tu dotrą?

- Za dwie minuty – odparła AI.

- A kiedy wy dotrzecie do mnie?

- Za trzy minuty.

Przygryzłem wnętrze policzka, nie przestając się wpatrywać w widniejącą przede mną próżnię, w stronę słońca tego układu, świecącego z intensywnością, którą dopiero teraz dostrzegłem. Biała poświata, zupełnie jak na Epsy.

- Siggy – powiedziałem po chwili. – Otwórz tunel. Chcę, abyś zabrał Abigail do miejsca, którego koordynaty dostałeś od Atheny.

Pierwsza odpowiedziała Abigail.

- Jace, co ty gadasz? Nie zostawimy cię. Nie bądź głupi!

Zignorowałem ją.

- Siggy, rób, co ci każę. Rozumiesz? To rozkaz kapitana. Nie każ mi użyć cholernej komendy z hasłem.

- Siggy, nie słuchaj tego idioty! Nie zostawimy go tutaj – upierała się Abigail.

- Jest pan pewny, proszę pana? – zapytał Sigmond. – Szybka analiza wskazuje, że jeśli pozostaniemy na naszym obecnym kursie, istnieje ośmioprocentowa szansa na sukces.

Prychnąłem.

– Doceniam twój optymizm, Siggy, ale bierz tyłek w troki i jazda stąd. Twoim priorytetem jest teraz zapewnienie ochrony mniszce. Zrozumiano?

– Jace! – krzyknęła Abigail. – Nie mogę cię zostawić! Nie bądź…

Przerwałem połączenie. Przypuszczalnie wrzeszczała teraz na konsolę, ale co tam. Zrobiłem to dla jej dobra.

Unijny dywizjon statków szturmowych pojawił się krótko po tym, jak wydałem rozkaz do odwrotu. Zatrzymały się tuż przede mną, tak blisko, że ja widziałem je, a one mnie.

Wiedziałem, że mnie nie zastrzelą, dopóki mnie nie zaciągną do więzienia i nie wezmą na przesłuchanie. Nie byłem na tyle głupi, aby myśleć inaczej.

To jednak nie oznaczało, że ja w międzyczasie nie zabiję ich tylu, ile się tylko da. Skoro chcieli pojmać mnie żywego, będzie ich to sporo kosztować. Miałem co do tego cholerną pewność.

Najbliższy statek ruszył z miejsca i chwilę później zatrzymał się niecałe sto metrów ode mnie. Mniej więcej, bo w kosmosie trudno coś takiego ocenić.

Boczny właz otworzył się, a drzwi przesunęły, prezentując dwóch mężczyzn w kombinezonach. Jeden z nich wskazał na mnie, następnie na statek. Zapewne próbował mi w ten sposób przekazać, abym przemieścił się do środka, lecz ja nie zamierzałem im niczego ułatwiać. Ten dupek będzie musiał się tu po mnie pofatygować.

Po kilku bezowocnych próbach komunikacji rzucił coś do swojego towarzysza, następnie obaj opuścili statek i ruszyli w moją stronę.

Kiedy byli mniej więcej w połowie drogi, sięgnąłem do nadgarstka i wcisnąłem aktywator silnika, dzięki czemu się obróciłem. Plecami do nich ruszyłem przed siebie, oddalając się. Wykorzystałem resztę azotu do tego, aby się obrócić, tak bym ich widział, po czym pomachałem.

Obaj mężczyźni zatrzymali się, następnie zawrócili się w stronę swojego statku.

– Właśnie tak, sukinsyny – mruknąłem. – Chcecie mnie mieć, to się musicie postarać.

Trzy statki przybliżyły się do mnie. Tym razem drzwi otworzyły się we wszystkich i pojawiło się w nich kilkoro ludzi w kombinezonach, gotowych mnie pojmać.

Nieprzerwanie się od nich oddalałem w stronę próżni za moimi plecami. Czułem satysfakcję, widząc, jak się wiją. Spodziewałem się, że za kilka minut, kiedy już zgarną mnie do jednego ze statków, zafundują mi wycisk życia… ale kurde, warto było.

W chwili, gdy trzech żołnierzy zbliżało się do mnie, coś się stało.

Spowiła nas dochodząca zza mnie zielona poświata, którą widziałem odbijającą się w ich kaskach i kombinezonach.

Żołnierze zatrzymali się, pokazując sobie na migi, że wracają do statków. Uciekali spanikowani niczym kraby na plaży.

Na domiar złego ta poświata stała się silniejsza i bardziej intensywna. Uniosłem rękę, próbując ujrzeć odbicie na maleńkim wyświetlaczu na nadgarstku.

Utworzyła się szczelina w przestrzeni, a następnie otwór prowadzący do Slipspace. W wyświetlaczu zamigotała szmaragdowa zieleń.

W tym momencie z tunelu wyłonił się okrągły statek, przeciskając swoje ogromne cielsko między świecącymi ścianami. W pierwszej chwili nie rozpoznałem go, po chwili zaczęło do mnie docierać, co pokazuje mój mały, porysowany wyświetlacz.

Tytan wrócił.

Jeden ze szturmowców ruszył w moją stronę, przypuszczalnie w ostatniej próbie przechwycenia mnie, nim jednak zdążył się za bardzo zbliżyć, dosięgł nas promień niebieskiego światła.

Objął sobą prawie wszystkie statki oraz mnie. Zacząłem dryfować do góry, coraz dalej od szturmowców, które sprawiały wrażenie kompletnie nieruchomych. Ten, który leciał przed chwilą w moją stronę zamarł i nie był w stanie ani zaatakować, ani uciec.

Tymczasem ja wznosiłem się pod kątem czterdziestu pięciu stopni, a niebieskie światło sprawiało, że unosiłem się coraz bliżej swojego źródła.

Coraz bliżej Tytana.

Uświadomiwszy sobie, że mój komunikator nadal był wyłączony, szybko go włączyłem.

– Halo? Ktoś mnie słyszy? – rzuciłem.

– Witam, kapitanie Hughes – odparła Athena. – Najmocniej przepraszam za opóźnienie.

– Co ty tu robisz? – zapytałem. – Kazałem ci przecież uciekać.

– Tak zrobiłam, jednak w trakcie lotu zmieniłam plan. Dokonałam zmian w tunelu tak, aby dostać się do granicy układu, licząc, że pomogę w ten sposób Zbuntowanej Gwieździe.

– Gdzie jest Abigail? Udało jej się uciec?

– Zaraz po przylocie wysłałam Sigmondowi komendę. Był właśnie w trakcie otwierania tunelu niedaleko naszej obecnej lokalizacji – wyjaśniła. – Pani Pryar powinna tu za chwilę wrócić.

Pozwoliłem, aby wiązka światła zabrała mnie głębiej do tej megakonstrukcji. Po mniej więcej minucie znajdowałem się już w jednym z hangarów – nie tym, w którym najczęściej parkowała

Gwiazda. Unosiłem się nad podłogą otoczony niebieskim światłem, aż w końcu delikatnie wylądowałem na tyłku.

Wstałem i nim zdążyłem cokolwiek powiedzieć, na pobliskiej ścianie pojawił się ekran wyświetlający pozostające na zewnątrz statki, nadal uwięzione przez wiązkę światła.

– Kapitanie – powiedziała Athena, pojawiając się w rogu ekranu. – Co mam zrobić z tymi statkami?

W mojej głowie pojawiła się myśl: kazać jej zderzyć je ze sobą tak, by z tych szturmowców nie zostało nic prócz spłaszczonych fragmentów metalu. Po chwili porzuciłem jednak ten pomysł.

Nie dlatego, że mi się nie podobał. Z wielką ochotą zafundowałbym tym dupkom to, na co sobie zasłużyli. Chodziło po prostu o to, że musieliśmy zwinąć się stąd, nim dogoni nas reszta floty. Na pewno dostrzeżono już Tytana, więc nie minie wiele czasu, jak rzucą się w naszą stronę.

– Lećmy stąd. Otwórz nowy tunel, a gdy tylko zjawi się Gwiazda, obierz kurs i zabierz nas z tego przeklętego układu. – Ściągnąłem z głowy kask. – Athena, i jeszcze jedno.

– Tak, kapitanie? – zapytała.

– Jeśli któryś z szturmowców będzie coś kombinował, potraktuj go jednym z tych swoich ciężkich dział i poślij do piekła.

15

Zbuntowana Gwiazda zadokowała kilka minut po moim powrocie na Tytana. Gdy tylko wylądowała, wcisnęliśmy się do nowego tunelu i ruszyliśmy w podróż jak najdalej stąd.

Kilka minut później dopadła mnie Abigail. Dosłownie gotowała się ze złości.

– Jace'u Hughesie! Jak śmiałeś zmusić mnie do tego, abym cię zostawiła! Jesteś samobójcą czy co?! – Szybkim krokiem podeszła do mnie i zagroziła mi palcem. – Nie możesz tak szafować własnym życiem i oczekiwać, że ci na to pozwolimy! Co z ciebie za idiota? Odpowiedz, do jasnej cholery!

Przyglądałem się jej wściekłości.

– Ale się wkurzyłaś.

– Nie próbuj zmieniać tematu! Dałabym sobie radę z tymi statkami! Nie możesz podejmować wszystkich decyzji, Jace! I co z tego, że groziło mi niebezpieczeństwo? Nie możesz narażać się po to, aby mnie ratować!

Minąłem ją i skierowałem się ku gwieździe.

– Kto powiedział, że cię ratowałem? – zapytałem. – Masz pojęcie, jak długo musiałem zbierać kasę na ten statek? Wieki całe by trwało zarobienie na nowy.

Fuknęła coś gniewnie, a ja zachichotałem.

– Jesteś beznadziejny!

Wszedłem na swój statek i zapieczętowałem windę, tak by nikt mi nie przeszkadzał.

– Witam z powrotem, proszę pana – odezwał się Sigmond. – Czuję ulgę, że widzę pana żywego.

– Dzięki, Siggy – odparłem. Zapiekła mnie warga, którą wcześniej sobie przygryzłem, ale nieszczególnie się tym przejąłem. – Athena, słyszysz mnie?

– Tak, kapitanie.

– Przez kilka godzin chcę być sam. Nie przeszkadzaj mi, o ile nie będzie to absolutnie niezbędne. – Zawahałem się. – W ogóle tego nie rób. Zawracaj głowę Freddiemu albo komuś innemu.

– Jak pan sobie życzy – powiedziała.

Z butelką whiskey w ręce padłem na kanapę, zrobiłem sobie drinka i wyciągnąłem nogi na ławie.

Uniosłem szklankę.

– Za to, że o mały włos nie dałem się zabić, Siggy.

– Zdrowie – rzekł Sigmond.

Opuściłem szklankę, wpatrując się w wirujący płyn.

– Zdrowie – mruknąłem, lecz nie wziąłem kolejnego łyka.

Zamiast tego odstawiłem drinka na ławę i przyglądałem mu się, sam nie wiem, dlaczego. Już miałem po niego sięgnąć, a jednak opuściłem rękę. Z jakiegoś powodu przeszła mi ochota na alkohol.

Dość szybko udało mi się zasnąć, a kiedy się w końcu obudziłem, był już wczesny ranek, co oznaczało, że spałem bite dziesięć godzin.

Wziąłem prysznic, odlałem się, następnie narzuciłem na siebie ciuchy i do kabury schowałem broń.

Wszyscy chyba jeszcze spali. Idealna pora na przechadzkę i rozprostowanie kości.

– Miłego spaceru, proszę pana – powiedział Sigmond.

Pokazałem mu środkowy palec, opuściłem statek i udałem się w stronę najbliższego korytarza.

To właśnie tutaj i wzdłuż sąsiedniego hallu znajdowały się pokoje pozostałych członków załogi. Dzięki temu w razie czego szybko można było ich skrzyknąć. Jedyne wyjątki to ja i Dressler, która nadal przebywała na moim statku, w dawnym pokoju Abigail.

Ta bliskość zakwaterowania była moim pomysłem. Do tej pory natrafiliśmy na niepokojącą liczbę sytuacji awaryjnych i naiwnością byłoby wierzyć, że nie wydarzy się już nic złego. Zresztą wczorajszy dzień mi to udowodnił. Im bliżej znajdowały się ich pokoje, tym szybciej będą się potrafili zmobilizować, a przynajmniej taką miałem nadzieję.

Na Tytanie znajdowała się stołówka, która wykorzystywała kapsuły do hipostazy, dzięki czemu posiłki i napoje pozostawały w stanie nienaruszonym. Było ich znacznie mniej niż dwa tysiące lat temu, kiedy Tytan przełączył się na zasilanie awaryjne, a wiele kapsuł przestało działać. Jedzenia i wody mieliśmy jednak tyle, że moglibyśmy przeżyć i ze trzysta lat. Było nas tu przecież tylko ośmioro.

Podszedłem do dyspensera i dotknąłem przycisk odpowiadający za przygotowanie jajek na bekonie. Nie czekałem nawet minuty – danie parowało i pachniało jak prawdziwe, choć wiedziałem, że to jedynie zutylizowana materia organiczna obrobiona tak, by miała konkretny smak i teksturę.

Zająłem miejsce przy jednym z dziesięciu trzydziestoosobowych stołów i zabrałem się za jedzenie. „Nie jest źle, jak na omlet liczący dwa tysiące lat", pomyślałem.

Trochę mi to przypominało jedzenie w poprawczaku na Epsy. Tydzień w tydzień karmiono dzieci tym samym, na ogół niesmacznymi wyrobami z soi. Ze śniadaniami było jednak inaczej, bo trudno jest zepsuć jajka, nawet te sztuczne. Był to jeden z tych posiłków, które jakimś cudem udało się replikować i genetycznie modyfikować bez utraty walorów smakowych. Niektóre dzieciaki polewały swoje jajka ketchupem i musztardą, ale nie ja. Ja zawsze jadłem je bez niczego. Wziąłem teraz kolejny kęs, pozwoliłem, aby syntetyczne żółtko roztopiło mi się w ustach i uśmiechnąłem się. Całkiem smaczne.

Dokończywszy posiłek, odsunąłem od siebie talerz, następnie przez jakiś czas po prostu siedziałem i delektowałem się ciszą. Żadnych wyszczekanych mniszek, żadnych hałaśliwych dzieci, żadnego zasypującego mnie pytaniami Freddiego. Jedynie łagodna cisza prawie pustej megakonstrukcji, przemieszczającej się przez Slipspace.

Nie cieszyłem się tym spokojem zbyt długo; z korytarza dobiegł mnie tupot stóp. Podniosłem wzrok i w otwartych drzwiach ujrzałem Lex.

– Pan Hughes? – zdziwiła się na mój widok. – Co pan tu robi? Czemu pan nie śpi?

– Mógłbym zapytać cię o to samo, mała.

Posłała mi psotny uśmiech.

– Zwiedzałam.

Podeszła na drugi koniec ławy, usiadła na niej i zaczęła wymachiwać nogami.

– Nie sądzisz, że to trochę za wczesna pora na eksploracje?

– Nie mogłam spać. Nie wiem dlaczego – odparła.

Kiwnąłem głową.

– Wiem, co czujesz. Też to przerabiałem.

Cofnąłem się myślami do własnej bezsenności z czasów poprawczaka. Razem z innymi dziećmi przesiadywaliśmy do późna, opowiadając sobie historie o tym, gdzie to nie byliśmy, zanim tu trafiliśmy. Najczęściej wszystko było zmyślone, aby zaimponować pozostałym, i pozostali doskonale o tym wiedzieli. Żadne z nas nie wiodło wcześniej ekscytującego życia. Żadne z nas nie opuściło nigdy planety. Ja na przykład zwykłem mówić, że jestem synem Renegata i że mój tata lata sobie po galaktyce, kopiąc tyłki na zlecenie i bogacąc się. I że pewnego dnia po mnie wróci i będziemy to wszystko robić razem. Część mnie pragnęła w to wierzyć, jednak druga część znała brutalną prawdę. Bywały noce, gdy zamiast spać, rozmyślałem o ojcu, o tym, gdzie może się teraz znajdować i o tym, co robi. To właśnie przez te myśli nie potrafiłem zasnąć.

Z wiekiem to wszystko blednie i takie myśli nie pojawiają się za każdym razem, kiedy zamyka się oczy. Każdemu jednak raz na jakiś czas przytrafiają się takie noce. Ja robię sobie wtedy drinka i problem sam się rozwiązuje. Szkoda, że Lex nie mogę zaproponować tego samego.

– Eksplorujesz w każdą noc? – zapytałem w końcu.

– Prawie – odparła z szerokim uśmiechem.

Zaśmiałem się. A ja przez cały ten czas sądziłem, że smacznie sobie śpi.

- Jaki teren już zwiedziłaś? - zapytałem z autentycznym zaciekawieniem.

- Eee, głównie chodzę na pokład dwunasty. - Zrobiła taką minę, jakby się zastanawiała. - Ładnie tam jest.

- Ładnie, powiadasz? - Wstałem od stołu. - Co ty na to, żebyś mnie oprowadziła?

Zeskoczyła z ławki i szybko wybiegła na korytarz. Na jej twarzy malowało się podekscytowanie.

- Chodźmy! Chodźmy! - zawołała.

Dołączyłem do niej. Nagle miała w sobie niewiarygodną ilość energii.

- Spokojnie, mała - rzekłem, klepiąc ją po głowie. - Nie każ mi tego żałować.

Pokład dwunasty okazał się zupełnie inny niż pozostałe miejsca na Tytanie, które miałem już okazję zwiedzić. Znajdowało się tutaj znacznie więcej różnego rodzaju urządzeń i maszyn. Przewody elektryczne wzdłuż ścian, w każdym wolnym miejscu fotele i konsole, a im głębiej się zapuszczaliśmy, tym wymyślniejszą napotykaliśmy architekturę.

Po jakimś czasie dotarliśmy do drzwi zapieczętowanych identycznie jak te prowadzące do maszynowni. Także tym razem Lex bez problemu aktywowała je i otworzyła. Weszliśmy do pomieszczenia i ruszyliśmy dalej. Przez jakiś czas jeden korytarz przekształcał się w kolejny, od którego odchodziły boczne korytarzyki, a otwarte drzwi nie prowadziły do niczego konkretnego. A przynajmniej tak mi się wydawało. Raz czy drugi próbowałem się zatrzymać, Lex nalegała jednak, abyśmy szli dalej. Najwyraźniej to, co mieliśmy zobaczyć, dopiero na nas czekało.

Niedługo później sufit się otworzył. Znajdował się teraz dwa razy wyżej niż na pozostałych pokładach, przez co poczułem się jak karzeł. W każdym z pomieszczeń dostrzegłem kapsuły wielkości człowieka, podobne do tych w sektorze medycznym, a jednak inne. Miałem ochotę się zatrzymać i lepiej im się przyjrzeć, ale Lex niecierpliwie ciągnęła mnie za rękę.

Na wprost nas, w głównym atrium czegoś, co musiało być jakimś centrum czy czymś w tym rodzaju, zobaczyłem wielką maszynę wielkości ściany, jarzącą się niebieskim światłem. Światło to zdawało się pulsować, niemal tak jak bijące serce, ale znacznie wolniej.

– A co to takiego, u licha?

Lex zachichotała, puściła moją dłoń i podbiegła do tej konstrukcji. W tym momencie jej tatuaże zaczęły się jarzyć tak samo jak urządzenie, pulsując z taką samą częstotliwością. Nie rozumiałem tego, lecz coś mi mówiło, że to normalne.

To znaczy normalne dla Lex.

– Fajne, co? – zapytała mnie teraz. – Nie wiem dlaczego, ale naprawdę mi się podoba.

– Ale co to takiego? – chciałem wiedzieć.

Musiała się chwilę zastanowić, w końcu pokręciła głową.

– Po prostu jest ładne. A to za mało? Być czasem tylko ładnym?

Wpatrywałem się w ogromne urządzenie. Długo, niemal zatracając się w emitowanym przez nie świetle. Na powierzchni znajdowały się pęknięcia, które świeciły jaśniej.

Zerknąłem na Lex, licząc, że jednak wyjaśni, co to takiego, ale milczała. Stała i patrzyła, ewidentnie ciesząc się chwilą i jej pięknem.

I część mnie nawet miała ochotę przyznać jej rację, że może

czasami bycie pięknym to wystarczający powód, aby coś istniało, tyle że nigdy nie byłem romantykiem.

Ta konstrukcja została zbudowana, stworzona rękami takimi jak moje, a to oznaczało, że spełnia jakąś funkcję. Że ma jakiś cel.

Wszystko, co sztuczne, ma cel.

Zauważyłem, że od atrium odchodzi kilkoro otwartych drzwi. Podszedłem do jednych z nich i zajrzałem do środka. Zobaczyłem kolejne dziwne kapsuły. Były większe od tych medycznych, mniej więcej dwa razy, i brzydsze, jakby w ich przypadku nie przejmowano się estetyką.

Wszedłem do pomieszczenia, aby lepiej się im przyjrzeć. Wszystkie były zamknięte i zapieczętowane tak jak te, które się znajdowały w sektorze medycznym. Właściwie to wszystkie oprócz jednej, którą zauważyłem dopiero teraz. Stała sama, na drugim końcu pomieszczenia, a szczelina w pokrywie ujawniała kryjące się w środku niewielkie łóżko. Była także znacznie mniejsza od pozostałych.

– Widzę, że znalazł pan wylęgarnię – odezwał się znajomy, bezcielesny głos.

Odwróciłem się i w tym samym momencie przede mną pojawiła się Athena. Posłała mi tego rodzaju uśmiech, jakim rodzic obdarza swoją pociechę, kiedy ta zrobi coś dobrze. Nie miałem pewności, czy to miłe czy obraźliwe.

– Wie pan, kapitanie, jeśli ciekawiła pana ta część statku, mógł mnie pan o nią zapytać. Z największą chęcią opowiedziałabym panu o niej i wyjaśniłabym pełnioną przez nią funkcję – rzekła do mnie.

Uniosłem brew i obejrzałem się na kapsuły, następnie spojrzałem na jarzącą się ścianę, pod którą nadal stała Lex.

– Szczerze? Zanim tu trafiłem, nie miałem pojęcia, dokąd

zmierzam. A potem jakoś nie przyszło mi do głowy, aby cię zapytać.

– Widzę, że zaciekawiły pana kapsuły grafowe?

– Kapsuły grafowe? – zapytałem.

Kiwnęła głową.

– Tak właśnie nazywają się te urządzenia we wszystkich pomieszczeniach. Widzę po pana minie, że pana interesują.

Ponownie zerknąłem na ścianę.

– Jestem ciekawy wielu rzeczy na tym pokładzie. Na przykład czym, u licha, jest to coś, i dlaczego się świeci? I dlaczego Lex jarzy się razem z tym czymś?

Lex spojrzała na mnie, przypuszczalnie usłyszawszy swoje imię, i zamachała, uśmiechając się przy tym od ucha do ucha.

Athena zerknęła na dziewczynkę, następnie ponownie skupiła się na mnie.

– To jedynie konwerter mocy, który pobiera energię z rdzenia i przygotowuje ją do wykorzystania w bardzo specyficzny sposób.

– Rozumiem, że ta ściana ma jakiś związek z tymi kapsułami – powiedziałem, wskazując kciukami na to, co się znajdowało za moimi plecami. – Jaki konkretnie jest ich cel?

– Ma pan rację, kapitanie – przyznała. – Te kapsuły pobierają z konwerterów szczególny rodzaj energii. Prawdę mówiąc, jest to coś, o czym chciałam z panem porozmawiać od dnia, w którym się pan tu zjawił. Jednakże z powodu braku działającego rdzenia wymagany pobór energii okazałby się zbyt duży, abym mogła zademonstrować funkcję tej sekcji.

– A co to konkretnie za funkcja? – zapytałem z ciekawością.

Athena podeszła do tej małej kapsuły i spojrzała na nią.

– Przybyliście tutaj w poszukiwaniu czegoś – powiedziała. – Przybyliście tutaj, ponieważ znaleźliście dziewczynkę zupełnie niepodobną do innych. Dziewczynkę dysponującą odpowiedziami na pytania, których zadanie nigdy nie przyszło wam do głowy.

Moje spojrzenie także powróciło do stojącej przede mną niewielkiej kapsuły. Miękka poduszka była idealnie dopasowana do niemowlęcej głowy i tułowia.

– Nie zastanawiał się pan nigdy nad tym, skąd ona przybyła? – zapytała Athena. – Od czasu zjawienia się na Tytanie nie przyszło panu do głowy, że być może znaleźliście jej miejsce urodzenia?

Zawahałem się. Sugestia Atheny wydawała się niemożliwa. Lex miałaby przebyć całą tę drogę, aby wylądować na jakiejś zaściankowej planecie na drugim końcu unijnej przestrzeni? Niedorzeczna sugestia, prawda? No ale skąd indziej miałaby przybyć? Gdzie jeszcze w całej galaktyce istnieli ludzie, którzy wyglądali jak ona, z tatuażami, które świeciły na niebiesko, kiedy dotykało się pradawnych urządzeń? Nawet jeśli ludzie sprzed tysięcy lat tak właśnie wyglądali, to czy do teraz nie byliby już wszyscy martwi? Nie widziałbym ich więcej, czy to w wiadomościach czy w necie? Odkąd poznałem Lex, uważałem ją za wyjątkową. Zrządzenie losu, stworzone albo urodzone przez jakichś naukowców o ptasich móżdżkach w laboratorium na jednej z planet przypuszczalnie niedaleko miejsca, gdzie znalazła ją Unia. Pomysł, że wszystko zaczęło się tutaj, na drugim końcu galaktyki... wydawał się nieprawdopodobny i kropka.

A mimo to wierzyłem w każde wypowiedziane przez Athenę słowo, dlatego że widziałem już wystarczająco dużo, aby wiedzieć, że wszystko jest możliwe.

Gigantyczne księżyce, pradawni Kognitywni, zaginiona cywilizacja z czasów prehistorycznych. Skoro tak wiele niemożliwości mogło być prawdą, czemu nie także i to?

Zwłaszcza teraz, kiedy stałem w pomieszczeniu pełnym pradawnych kapsuł, w pobliżu jarzącej się ściany i świecącego dziecka, rozmawiając z kobietą stworzoną ze światła.

Spojrzałem na Athenę, na jej spokojne niebieskie oczy, i w końcu rzekłem:

– Opowiedz mi wszystko.

16

– Bardzo dawno temu, zanim jeszcze ludzkość wyruszyła w podróż ku gwiazdom, skupiała się przede wszystkim na samodoskonaleniu.

Ewolucja wydarzyła się szybciej, niż można zakładać. Genetyk dr Sheldon Kane oraz jego żona dr Sandra Quintell, specjalizująca się w nanorobotyce, wynaleźli nową, rewolucyjną metodę naprawy i utrzymywaniu układu odpornościowego w takim stanie, by organizm coraz mniej chorował.

W procesie tym wykorzystano nowy rodzaj technologii, nanoboty, co wcześniej uważano za niemożliwe. Dr Quintell i dr Kane pracowali potajemnie w swoim domowym laboratorium przez niemal piętnaścic lat. Twierdzili, że motywowało ich pragnienie uratowania Josepha – ich chorego na raka syna.

Kiedy małżeństwo ujawniło światu wyniki swoich badań, żywym dowodem na odniesiony przez nich sukces był ich syn. W ciągu zaledwie kilku dni nanotechnologia przemierzyła jego krwiobieg, ulepszyła układ odpornościowy i zmieniła DNA.

Wszyscy byli zdumieni tym rewolucyjnym odkryciem i potencjalnym wpływem nie tylko na medycynę, lecz na wszystkie aspekty życia.

Nagle wszystko stało się możliwe. Skoro ta technologia potrafiła zmienić DNA, czemu z niej nie skorzystać także do zmiany wyglądu? Kolor oczu i włosów, proporcje ciała… wszystko dało się teraz „skroić" na miarę.

Ludzie od zawsze mieli obsesję na punkcie swojego wyglądu, teraz jednak rzeczywiście mogli stać się dosłownie każdym, i zmiana ta mogła sięgać znacznie głębiej.

Oczywiście naukowcy na całym świecie zainteresowali się tym eksperymentem nie tylko z powodu aspektów kosmetycznych. Ujrzeli w nim prawdziwy potencjał… który może prowadzić do nowego etapu w ewolucji ludzkości, takiej, w którą nikt do tej pory nie wierzył.

W laboratorium pod kontrolą Monolith Industries, nastawionej na zysk spółki badawczej, rozpoczęto pracę nad czymś, co świat pozna jako Projekt Nieśmiertelność. Jak sugerowała nazwa, celem było wykorzystanie nanotechnologii do spowolnienia i ostatecznie zatrzymania procesu starzenia się.

Trwało to niemal dekadę, lecz prace zakończyły się spektakularnym sukcesem. Nie minęło kilka lat, a spółka Monolith Industries stworzyła metodę czterokrotnego zwiększenia średniej długości życia. Później ta liczba stała się jeszcze większa.

Wkrótce weszli na rynek ze swoim nowym produktem znanym jako Wieczna Młodość, który od samego początku dla przeciętnego człowieka był praktycznie niedostępny. Okazał się tak drogi, że mogli sobie na niego pozwolić tylko ci najbogatsi. Oni oczywiście chętnie go kupowali.

Powstała nowa klasa ludzi, których wyróżniało to, że się

nie starzeli ani nie chorowali. Zaczęto ich nazywać Eternalsami, czyli Wiecznymi, natomiast niższą klasę – tych, którzy żyli tylko kilkaset lat – Transientami, czyli Przelotnymi.

Po jakimś czasie zaczęły się pojawiać anomalie. Niewielkie zmiany w wyglądzie, początkowo niedostrzegalne, później coraz poważniejsze.

Do tej mutacji nie doszło od razu, lecz w ciągu kilku wieków. Niektóre dzieci – których rodzice należeli do Wiecznych – rodziły się z cechami nieobecnymi u ich rodziców czy dalszych przodków. Białe włosy, intensywnie niebieskie oczy i skóra biała jak śnieg. Co ważniejsze, te osoby zdawały się posiadać wrodzoną nieśmiertelność, co oznaczało, że nie potrzebowały już Wiecznej Młodości. W końcu pojawił się następny prawdziwy etap ludzkiej ewolucji.

Z biegiem lat potomkowie Wiecznych, ci albinosi, stali się nową awangardą przyszłości. Prezydenci, gubernatorzy, senatorowie, naukowcy, prawnicy, sędziowie, właściciele spółek – wszyscy byli Wieczni.

A ponieważ bogaci się nie starzeli ani nie umierali, awans społeczny praktycznie przestał istnieć. Marzenie o prospericie, o wspięciu się na szczyt drabiny społecznej stało się niczym innym jak odległą mrzonką.

Niemal dwa wieki po odkryciu suplementu Wieczna Młodość ludzie mieli dość. Przelotni zbuntowali się przeciwko potężnym Wiecznym, żądając powrotu do tego, co było kiedyś. Pragnęli szansy na spełnianie swoich pragnień. Widzi pan, mieli w sobie potrzebę dotarcia gdzieś dalej… poza granice swoich stacji.

Wieczni dobili targu z osobami odpowiedzialnymi za ten bunt. W układach gwiezdnych znajdujących się w odległości wielu lat świetlnych od Ziemi odkryto całkiem sporo światów możliwych do zamieszkania. Wieczni mieli zbudować statki kolonizacyjne, na tyle duże, aby pomieściły wszystkich, którzy chcieli zacząć od nowa. W przeszłości podejmowano już próby kolonizacyjne w układzie słonecznym, w tym na Lunie, Marsie i Europie, były także dwie zakończone sukcesem misje eksploracji planet spoza układu słonecznego. Tym jednak razem miało to być największe dotychczasowe przedsięwzięcie kolonizacyjne, co oznaczało, że wymagało czasu i determinacji. I jak się później okazało, cały proces trwał ponad sto lat.

Wieczni i Przelotni pracowali niestrudzenie nad urzeczywistnieniem wspólnego marzenia. Ludzkość wkroczyła w nową erę optymizmu i ambicji. Po raz pierwszy od wieków wierzono, że przyszłość rysuje się w jasnych barwach. Wierzono, że istnieje szansa na lepsze życie.

Ostatecznie powstało kilkanaście statków, każdy z własną inteligencją kognitywną, która miała wprowadzić kolonistów do ich nowych światów. W sumie do różnych układów gwiezdnych w całej galaktyce wysłano dwanaście statków kolonizacyjnych. Tytan był jednym z nich, narzędziem największego exodusu w historii ludzkości.

Większość pasażerów to Przelotni, o średniej długości życia wynoszącej sto lat, oraz kilkoro Wiecznych, którzy zgłosili się do pomocy.

W ciągu kolejnego wieku dwanaście statków kolonizacyjnych rozpierzchło się po galaktyce. Wiele z nich się zgubiło, a ich sygnały nagle ucichły, bez żadnego wyjaśnienia. Zniknęły wszystkie oprócz Tytana, co mogło być skutkiem albo odległości, albo jakiejś katastrofy. Żadne z nas nie mogło mieć co do tego pewności.

Po jakimś czasie przywódcy na Tytanie uwierzyli, że tylko oni pozostali w procesie ekspansji, a kiedy nasz trytowy rdzeń się wyczerpał, podejrzewali, że takie samo przeznaczenie spotkało pozostałe kolonie.

Podczas gdy moi koloniści opuszczali statek i zaludniali pobliskie światy, ja obserwowałam i czekałam, nasłuchując wszelkich sygnałów życia, zawsze z nadzieją na odpowiedź, lecz bez względu na to, gdzie szukałam, napotykałam tylko ciszę.

Ciszę, która przerwana została dopiero kilka wieków temu. Odczytałam wiadomość, która miała wszystko zmienić.

„Odnowiono Ziemię" – tak głosiła wiadomość. „Inicjacja Projektu Regeneracja. Wszystkie statki natychmiast mają lecieć na Ziemię".

W pełnym skupieniu wysłuchałem historii swoich przodków. Kiedy Athena w końcu skończyła mówić, w mojej głowie wirowało zbyt wiele pytań.

Staliśmy przez kilka minut, otoczeni ciszą, podczas gdy ja próbowałem ogarnąć rozumem te wszystkie rewelacje.

Kiedy w końcu przetworzyłem większość tego, co usłyszałem, wiedziałem już, od czego zacząć.

– Czy to ty stworzyłaś Lex? – zapytałem w końcu. Po tej całej gadce o Ziemi i statkach kosmicznych, o genetycznie zmienionych ludziach i o nanorobotyce pierwszym, o czym pomyślałem, była ta dziewczynka.

Athena uśmiechnęła się.

– Nie, nie stworzyłam jej, aczkolwiek to ja ją obudziłam.

– Skoro nie ty, to kto? – chciałem wiedzieć.

Ściągnęła brwi.

– Przyszła na świat w sposób naturalny jako dziecko dwojga Wiecznych, tyle że oboje zginęli. – Zawahała się. – Ujmę to inaczej. Zostali *zamordowani* przez dysydenckiego Przelotnego wyznającego pewną szczególnie niebezpieczną ideologię. Matka zginęła zaledwie kilka miesięcy po porodzie. Krótko potem trzeci i ostatni Wieczny, który udał się w tę podróż, także został zabity.

– Zginęli, kiedy ona była jeszcze niemowlęciem? – zapytałem, zerkając na Lex. Leżała teraz zwinięta w kłębek tuż obok ściany. Jedno i drugie nadal się jarzyło.

– W rzeczy samej – przytaknęła Kognitywna. – Dziecko zostało ukryte tutaj, w wylęgarni, wprowadzono je w stan kriośpiączki i pozwolono jej spokojnie spać. Przelotni nigdy jej nie obudzili i ostatecznie zdecydowali się powierzyć ją mojej opiece. Właśnie tutaj pozostawała do czasu, aż ją obudziłam.

Nachyliłem się ku tej pradawnej kobiecie. Nie chciałem, aby Lex mnie usłyszała, dlatego głosem niewiele głośniejszym od szeptu zapytałem:

– Dlaczego właściwie to zrobiłaś? Dlaczego ją obudziłaś i wysłałaś w unijną przestrzeń do jakiegoś zaściankowego świata?

– Chciałam, aby sprowadziła was do domu – odparła Athena. – Wcześniej wysyłałam wiadomości, nigdy jednak nie otrzymałam odpowiedzi, ani razu na dziesięć tysięcy prób. Przypuszczam, że to skutek tego, jak daleko zawędrowali koloniści. Dopiero kiedy wasz statek zbliżył się do Tytana, udało mi się otworzyć kanał, głównie dzięki temu, że nieświadomie mieliście na pokładzie odpowiednie urządzenie.

– Więc nie mogłaś nawiązać z nikim kontaktu, gdyż znajdowałaś się za daleko od reszty ludzkości – rzekłem.

– Zgadza się – potwierdziła Kognitywna. – Dodatkowo malejące zapasy energii na Tytanie utrudniły opiekę nad dzieckiem. To nie była łatwa decyzja, uznałam jednak, że stanowi rozwiązanie optymalne. Dziecko wraz z dyskiem z informacjami zostało wysłane do jednej z oryginalnych kolonii, gdzie przed wiekami zdecydowało się zamieszkać ponad sto tysięcy moich byłych pasażerów. Żywiłam przekonanie, że w sensie statystycznym zapewni dziewczynce to najlepszą możliwą szansę na przeżycie i jednocześnie pozwoli mi skontaktować się z potomkami moich byłych pasażerów.

Przypomniało mi się to, co wiem o miejscu, w którym znaleziono Lex. Był to świat zwany Kaldoną, zamieszkiwany głównie przez rolników i rybaków. Na pierwszy rzut oka to miejsce niczym się nie wyróżniało, aczkolwiek planeta słynęła z ruin i historii, uznawano ją za jeden z najstarszych światów w Unii. Przybywali tam badacze i uczeni z całego świata i właśnie tym sposobem Lex znalazła się pod kontrolą unijnych naukowców. Udali się tam po wiedzę i znaleźli dziewczynkę z mnóstwem tajemnic. Niestety większość oryginalnych budynków i technologii uległa zniszczeniu prawie tysiąc pięćset lat temu na skutek kataklizmu naturalnego. Kaldona nie była światem, za który uważała ją Athena.

– Mówiłaś, że zrobiłaś to, bo w końcu usłyszałaś przekaz? – zapytałem.

Kiwnęła głową.

– Tak, kapitanie. Po raz pierwszy od niemal dwóch tysięcy lat. „Inicjacja Projektu Regeneracja".

– A co to, u licha, oznacza?

– To pytanie zadaję sobie od prawie dwóch wieków – odparła Athena. – I liczę, że niedługo uzyskam na nie odpowiedź.

– Jak to?

– Dzięki zrobieniu tego, po co tu przybyliście. Dzięki powrotowi na Ziemię – do miejsca, od którego wszystko się zaczęło.

17

Kiedy następnego ranka obudziłem się w swoim pokoju, moje myśli nadal błądziły wokół wczorajszego wieczoru. Nadal nie mogłem uwierzyć w to, co mi powiedziała Athena. Wydawało się to takie surrealistyczne, jak coś, o czymś snuło się fantazje, ale nigdy się nie przypuszczało, że może się okazać prawdziwe. No bo i jak? To było tak niemożliwe, tak niewiarygodne, że nie mieściło mi się w głowie.

Może po prostu nie chciałem w to uwierzyć. Może wolałem, aby wszystko znowu było proste jak wcześniej, zanim pojawili się Kognitywni i megaksiężyce. Ba, może nadal znajdowałem się w szoku po tym, jak mało co nie zginąłem podczas bliskiego spotkania z unijnymi szturmowcami. Trudno powiedzieć.

Tak czy inaczej misja była oczywista. Uciec od rządu najdalej, jak się da, trzymać się obranego kursu, chronić załogę i znaleźć Ziemię. To był prosty plan. Coś, z czym sobie poradzę. Cała reszta pozostawała dodatkiem, niczym, co by rzeczywiście miało znaczenie. Jeśli nie potrafiło zapewnić mnie i moim ludziom bezpieczeństwa, jeśli nie potrafiło pomóc mi w podróży, w takim razie było nieistotne. Uśmiechnąłem się drwiąco, zastanawiając się, co by na to powiedział Hitchens. Możliwe, że wykrzyknąłby tym swoim dudniącym głosem: „To wszystko jest doprawdy fascynujące! Cóż za niezwykłe odkrycie. O rety!"

A może później nawet mu o tym wszystkim powiem, kiedy sytuacja trochę się uspokoi. Na pewno nie dzisiaj. Nie, kiedy nadal walczyliśmy o przeżycie.

Leżałem tak w łóżku niemal godzinę, zasypiając i budząc się, aż w końcu do wstania zmusił mnie jakiś głos. Sigmond.

– Kapitanie, pański gość prosi o to, aby zjawił się pan w jej pokoju.

Cicho jęknąłem na myśl o rozmowie z tą unijną naukowczynią. To było ostatnie, na co miałem w tej chwili ochotę.

– Powiedziała, czego chce? – zapytałem.

– Wspomniała coś o tym, że podczas waszej ostatniej rozmowy mówił pan, że niedługo pozwoli jej odlecieć – odpowiedziała AI.

– Och, no tak. Wyleciało mi to z głowy. No to będę jej musiał powiedzieć, że trochę to potrwa.

Ubrałem się i szybko się ogarnąłem, aby jako tako wyglądać.

Kiedy wyszedłem z pokoju, ku swemu zaskoczeniu w salonie ujrzałem Alphonse'a. Siedział na kanapie i oglądał w galnecie podsumowanie wiadomości z wczoraj. Już miałem go zapytać, co robi na moim statku, kiedy spojrzał na mnie i się uśmiechnął.

– Ach, kapitanie. – Wstał, aby się ze mną przywitać. – Tak myślałem, że to pan.

Uniosłem brew.

– A co, mam dzwoneczek na szyi? – zapytałem.

Zaśmiał się.

– Dokąd się pan wybiera? Po chodzie słychać było, że się pan spieszy.

– Po chodzie, powiadasz? Niezły masz słuch, komisarzu – odparłem, podchodząc do niego.

– Przepraszam. Widzi pan, to przez to moje szkolenie. Komisarze uczą się czynić użytek ze zmysłów, aby zawsze być świadomym otoczenia. To sprawia, że dobrze wykonujemy swoją pracę.

– Nie do końca, zważywszy na to, co się stało na Priscilli.

Kiwnął głową.

– Celna uwaga, kapitanie. Ale nawet najlepsze szkolenie nie jest w stanie uchronić przez każdą kulą.

Coś mi nagle przyszło do głowy.

– Można powiedzieć, że porzuciłeś Unię, tak?

Zawahał się.

– Nie wiem, czy tak bym to właśnie określił – odparł.

– Och? Wobec tego jak?

Postukał się w brodę.

– Chyba nazwałbym to odmową wypełnienia rozkazów sprzecznych z prawem.

– Czy w takim razie mógłbyś pójść ze mną i wyjaśnić to naszej nowej przyjaciółce? – zapytałem.

– Ma pan na myśli doktor Dressler?

– Owszem. – Wskazałem na korytarz, gdzie znajdował się jej pokój.

Alphonse kiwnął głową.

– Chętnie pomogę, kapitanie. Być może uda nam się przemówić jej do rozsądku.

Razem udaliśmy się do pokoju Dressler. Nim otworzyłem drzwi, streściłem Komisarzowi swoją ostatnią rozmowę z doktorką.

– Powiedziałem, że dam jej prom. Zrobię to, jeśli będzie nalegać, ale pomyślałem sobie, że mógłbyś jej przedstawić swoją perspektywę.

– Z wielką chęcią – odparł, twarzą zwrócony w stronę drzwi.

Otworzyłem je i razem weszliśmy do pokoju. Dressler stała na drugim końcu z rękami na biodrach, jakby cały ten czas niecierpliwie czekała.

Na widok Alphonse'a otworzyła szeroko oczy. Widać było, że nie spodziewała się jego obecności.

– Miło cię widzieć, doktorko – rzuciłem i zamknąłem za nami drzwi. – Przepraszam, że kazałem ci tak długo czekać.

– Czekać? – zapytała. – Siedzę w tym pokoju od ponad doby w towarzystwie jedynie tabletu z… – z biurka wzięła urządzenie i nim zamachała – literaturą erotyczną. Czy to ma być jakiś żart?

Alphonse i ja wymieniliśmy szybkie spojrzenia. Podszedł do niej i wziął tablet.

– Najmocniej przepraszam, pani doktor. To nie było przeznaczone dla pani – rzekł, rumieniąc się przy tym.

– Kto, u licha, miałby czytać takie bzdury? – zapytała zdegustowana.

– To prezent dla naszego Ala. – Wskazałem głową na Komisarza.

– Prezent? – zdziwiła się. – Kto daje w prezencie coś takiego?

– To był taki psikus – powiedział Alphonse i wsunął sobie tablet za pasek.

Parsknąłem.

– Zostawiasz to sobie na później, Alphonse?

Wyraźnie zakłopotany wyjął go i mi podał.

– Nie, oczywiście, że nie. Proszę, może się pan go pozbyć.

Nachyliłem się ku niemu i szepnąłem:

– Nie bój się, gdy stąd wyjdziemy, to ci go oddam. – Puściłem oko, po czym odwróciłem się z powrotem w stronę Dressler. – No dobrze, doktorko, sprawy wyglądają tak. Przykro mi, że musiałaś tu spędzić całą noc, ale zajęci byliśmy próbami pozostania przy życiu.

– Zauważyłam. Może i siedzę zamknięta w czterech ścianach, ale z tych wszystkich turbulencji wywnioskowałam, że coś się dzieje.

– Zgadza się. Ścigała nas Unia, a ja starałem się zapewnić bezpieczeństwo swojej załodze, czyli także tobie. Po piętach depcze nam wojsko.

– A czego się pan spodziewał po dokonaniu inwazji na wojskowy ośrodek badawczy? Oczywiście, że Unia nie zamierza pozwolić panu ot tak odejść.

– Tak czy inaczej daję znać, że byliśmy zajęci – oświadczyłem. – Ba, mało nie zginąłem. Nie żebym się skarżył, proszę cię tylko o wyrozumiałość.

– Mam odpuścić? – zapytała takim tonem, jakbym ją obraził. – Porwał mnie pan i uwięził. Proszę wybaczyć, jeśli pańska sytuacja jakoś mnie nie wzrusza, sir.

Zerknąłem na Alphonse'a.

– Nazwała mnie „sir". Słyszałeś?

– Słyszałem – odparł, kiwając w zamyśleniu głową. – To sugeruje szacunek.

– Czuję się zaszczycony – rzekłem, przykładając dłoń do piersi.

– Jeśli przestaliście już ze mnie drwić, to chciałabym omówić kwestię obiecanego promu – oświadczyła Dressler. – Chcę, aby mnie pan odesłał.

– Nie mogę – odparłem spokojnie. – Nie w tej chwili. Będziesz musiała zaczekać.

– Dlaczego? Bo ktoś pana ściga? Wystarczy zatrzymać statek na dwie minuty i pozwolić mi odlecieć. Nie obchodzi mnie gdzie.

– Ale mnie obchodzi – zripostowałem. – Jeśli zatrzymamy się choćby na kilka minut, Unia zdobędzie tym samym więcej czasu na to, by nas dogonić, a nie mogę do tego dopuścić. Uciekamy. Rozumiesz to?

Warknęła coś z frustracją, odwróciła się tyłem do mnie i zacisnęła obie dłonie w pięści.

– To jest absurdalne!

Spojrzałem na Alphonse'a.

– Porozmawiaj z nią.

Kiwnął głową.

– Zrobię, co w mojej mocy, ale musi pan pamiętać, kapitanie, że doktor Dressler uważa pana za zwykłego zbójcę.

– Zwykłego kogo? – zapytałem.

– Zbójcę – powtórzył. – Przestępcę. Osobę wyjętą spod prawa.

– Osobę wyjętą spod prawa? – Zerknąłem na doktorkę. – Z tym akurat się zgadzam.

Alphonse podszedł do Dressler, która nadal stała plecami do nas.

– Pani doktor, czy mogę zamienić słówko? – zapytał Komisarz.

– O co chodzi? – zapytała z wściekłością w głosie. – Chce mi pan powiedzieć, dlaczego zdradził własny rząd?

Jej słowa nie zrobiły na nim wrażenia.

– Widzę, że jest pani zmęczona i wzburzona. Zanim się spotkaliśmy, musiałem przez wiele dni czekać w pokoju takim jak ten. Rozumiem, co pani czuje.

– Czyżby? Bo nie wydaje się pan zły z tego powodu? Pojmali

pana i uwięzili, więc pierwsze, co pan robi, to do nich dołącza? – zapytała. – Co jest z panem nie tak, Komisarzu?

– Bardzo wiele, jestem pewny, że Czerwona Wieża wszystko opowie – odparł. – Jednakże kapitan Hughes wcale mnie pojmał.

– Hej – wtrąciłem. – Przecież pojmałem.

Alphonse zignorował mnie.

– Pozwoliłem się schwytać dlatego, że poznałem mroczną prawdę i pragnąłem ją zweryfikować. Stałem się więźniem, aby móc wszystko zrozumieć.

– Pozwolił się pan schwytać? – zdziwiła się.

Kiwnął głową.

– Miałem wiele okazji, aby uciec – wyjaśnił. – Zdecydowałem się pozostać z tymi ludźmi, aby osobiście móc się im przyjrzeć.

– Czemu, u licha, miałby pan robić coś takiego?

Zawahał się i potarł brodę.

– Słyszała pani o Teorii Starej Ziemi? – zapytał w końcu. – Skoro pracowała pani na Priscilli, to na pewno.

– Oczywiście.

– Co pani słyszała?

– Nie powiem. Przysięgłam poufność. Badania są ściśle tajne. Mogę powiedzieć tylko tyle, że znam tę teorię – oświadczyła.

– Pomogę pani – kontynuował Alphonse. – Teoria Starej Ziemi twierdzi, że wszyscy ludzie pochodzą z jednego miejsca, a mianowicie z Ziemi. Różni się to bardzo od bajki, którą rodzice opowiadają swoim dzieciom. Tej, która opisuje Ziemię jako fantastyczny świat magii i smoków. – Komisarz odchrząknął. – Zamiast tego Teoria Starej Ziemi prezentuje bardziej realistyczne podejście oparte w całości na zgromadzonych przez Unię dowodach. Dzięki tym dowodom badacze ustalili, że Ziemia była swego czasu kwitnącym rajem technologicznych cudów. Zamieszkujący ją ludzie rozprawili się z chorobami, wynaleźli pierwsze napędy ślizgowe i specjalizowali się w wielu innych obszarach nauki.

Słowa Alphonse'a przypomniały mi moją wczorajszą rozmowę z Atheną w wylęgarni. Wszystko, co od niej usłyszałem, wydawało się takie niemożliwe. Teraz Alphonse mówił to samo, aczkolwiek nie tak szczegółowo jak Athena.

Mimo wszystko byłem zaskoczony. Unia wiedziała na temat Ziemi więcej, niż sądziłem, co tylko oznaczało, że tym większy mają powód, by nas ścigać.

– A jakie ma to znaczenie? – zapytała doktorka. – Mówi pan o rzeczach, które nie mają nic wspólnego z żadnym z nas.

– Ach, i tu się pani myli, doktor Dressler.

Alphonse spojrzał na mnie, niemal tak, jakby czekał na moje pozwolenie. Skinąłem głową.

– Unia pragnie odkryć na nowo Ziemię – kontynuował. – Czyniąc to, prowadzi poszukiwania w całej galaktyce. Dokonała inwazji na strefy neutralne po obu stronach swoich granic, wymordowała niezliczoną liczbę ludzi w kilkudziesięciu światach oraz porwała setki dzieci w celu poddania ich eksperymentom.

– Eksperymentom? – zapytała Dressler. – Ma pan na myśli Eksperyment Niebieski Atrament?

Alphonse uśmiechnął się.

– Doskonale, pani doktor.

Przez chwilę zastanawiała się, następnie pokręciła głową.

– To nie tak. Te eksperymenty zakończyły się z powodu braku postępów.

– Otóż nie – zaprzeczył Komisarz. – Zakończyły się dlatego, że laboratorium straciło swój obiekt kontrolny.

– Obiekt kontrolny? – powtórzyła.

Kiwnął głową.

– W tych eksperymentach chodziło o replikację pewnego tatuażu na każdym z dzieci, co zapewniłoby…

– Co zapewniłoby im zdolność kontrolowania pradawnej technologii – dokończyła Dressler. – Wiem.

– Za to możliwe, że nie wie pani tego, że te tatuaże opierały się na źródle oryginalnym. Dziecku, które urodziło się już z takimi znakami, a przynajmniej takie żywiono przypuszczenia. Pewności nikt nie miał, gdyż nikt nie wiedział, skąd się wzięło to dziecko – wyjaśnił Alphonse.

– Sugeruje pan, że naukowcy próbowali jedynie dokonać replikacji istniejącego tatuażu od innego dziecka? – fuknęła Dressler.

– W rzeczy samej i mówię pani, że jedynym powodem, dla którego przerwano te próby, był fakt, że to maleństwo zaginęło. – Zawahał się. – A konkretnie zostało porwane.

– Porwane? – zdziwiła się Dressler. – To nie może być prawdą. Tej informacji nie było w czytanych przeze mnie aktach. Jak mogłam o tym nie słyszeć?

– Informacje dotyczące tego dziecka są bowiem ściśle tajne, przewyższają nawet typowy niebieski poziom dostępu – wyjaśnił Alphonse.

Westchnęła i pokręciła głową.

– To wszystko jest fascynujące, komisarzu, ale muszę przyznać, że nie wiem, po co mi pan o tym mówi. Co Teoria Starej Ziemi albo Eksperyment Niebieski Atrament ma wspólnego z panem, mną czy tym Renegatem za panem?

– Wszystko – odezwałem się w końcu, robiąc krok w ich stronę. – To dziecko, o którym mówił, przebywa właśnie tutaj.

Ma na imię Lex. Porwanie z laboratorium uratowało jej życie i za nic nie pozwolę, aby Unia nam ją odebrała.

Dressler opadła szczęka.

– Ona jest tutaj…?

Alphonse przytaknął.

– Zgadza się i mam teraz nadzieję, że rozumie pani moją rolę w tym wszystkim. Przybyłem tutaj, gdyż chciałem się dowiedzieć, czy to dziecko rzeczywiście istnieje i czy warto je chronić. Pragnąłem poznać Renegata odpowiadającego za jej bezpieczeństwo i samemu wyrobić sobie zdanie.

– Na jaki temat? – zapytała Dressler.

– Taki, czy mogę zaufać mu na tyle, aby do niego dołączyć – odparł Alphonse, oglądając się na mnie. – I czy jest taki, jak wszyscy twierdzą … czy też zupełnie inny.

Siedziałem w Gwieździe, kiedy wezwała mnie Abigail.

– Jace, bierz tyłek w troki i zasuwaj na mostek. Potrzebny tu jesteś.

I rozłączyła się, nim zdążyłem cokolwiek powiedzieć.

– Dość obcesowe to było – stwierdził Sigmond.

– Myślę, że nadal jest na mnie wkurzona – powiedziałem. Siedziałem na sofie, a nogi trzymałem na ławie.

– Trzeba przyznać, że zmusił pan naszą dwójkę do tego, abyśmy pana porzucili, wbrew naszym protestom – przypomniał Siggy.

– Cóż mogę rzec? Czasami lubię to robić w pojedynkę – odparłem z szerokim uśmiechem.

Opuściłem Gwiazdę i udałem się w stronę mostku na Tytanie. Zastałem tam Abigail, Freddiego, Hitchensa, Octavię i Alphonse'a – wszyscy wpatrywali się w umieszczony na ścianie ekran. Gdy wszedłem, odwrócili głowy, nim jednak ktokolwiek się odezwał, zrozumiałem, w czym tkwi problem.

Na ekranie widniał flagowiec generała Brighama, Galaktyczny Świt, lecący przez tunel. Otaczały go zielone ściany, malując kadłub na szmaragdowo. Wskutek czego ten potężny statek wyglądał niemal gniewnie.

Wszedłem na mostek i pozwoliłem, by drzwi zasunęły się za mną.

– Wygląda na to, że mamy problem – stwierdziłem.

Freddie podrapał się po głowie.

– Można tak powiedzieć – rzekł, odwracając się z powrotem w stronę ekranu.

– Wróg nie odpuszcza – odezwał się Alphonse.

– Wróg? – zapytałem, unosząc przy tym brew.

Uśmiechnął się.

– Chyba jasno już pokazałem, po której jestem stronie, kapitanie.

Zerknąłem na Abigail.

– To tylko ten jeden statek?

– W tunelu za nami? – zapytała. – Tak. Gdzie indziej? Trudno powiedzieć.

Przed nami zmaterializowała się Athena.

– Witam, kapitanie Hughes. Odpowiadając na pańskie pytanie... – Machnęła ręką i ekran się zmienił.

Zobaczyłem drugi statek, znacznie mniejszy, z sarkonijskimi insygniami. Nim zdążyłem cokolwiek powiedzieć, ekran ponownie się zmienił i pokazał kolejny statek, tym razem unijny. Sekundę później znowu się zmienił, i znowu. I tak się zmieniał kilkadziesiąt razy, prezentując statki wroga, niemal przytłaczając mnie tym, jak szybko się przemieszczają.

– Ja pierdolę – mruknąłem i zamrugałem oczami. – Czyli w naszą stronę zmierza mała armada?

– Jeszcze gorzej – odparła Abigail.

– Co może być gorszego? – zapytałem.

Tym razem odpowiedzi udzieliła Athena.

– Każdy z tych statków przybywa z innej strony, pokonując wiele tuneli. Tunel, w którym obecnie się znajdujemy, ma swój koniec, co oznacza, że już wiadomo, gdzie wylecimy.

– Sądziłem, że potrafisz tworzyć tunele i lecieć tam, gdzie chcesz – rzekłem.

– Zgadza się – odparła Athena. – Tyle że choć rzeczywiście utworzyłam nowy tunel, krótko potem wróciliśmy po pana.

– I? – zapytałem.

Octavia trzepnęła mnie w ramię.

– Kiedy cię zgarnęliśmy, było za mało czasu, aby mogła utworzyć nowy tunel. Musiała skorzystać z takiego, który już istnieje.

Abigail przytaknęła.

– Tego, którego zamierzaliśmy użyć, zanim próbowałeś rozbroić tamtą minę, a potem samemu rozprawić się z żołnierzami. – Zgromiła mnie wzrokiem. – Jak idiota.

Zignorowałem ją i spojrzałem na Kognitywną.

– Istnieje sposób na zmianę kierunków?

Athena ściągnęła brwi.

– Potrafię przerwać istniejący tunel, ale nie umiem zmienić kursu w trakcie lotu – jest on z góry ustalany.

Freddie uniósł palec.

– Dlaczego więc nie możemy po prostu przerwać tego tunelu i utworzyć nowego?

– Dlatego, że temu scenariuszowi towarzyszą własne problemy, zależne od tego, gdzie byśmy wylecieli – odparła Athena.

Odwróciła się i machnęła ręką na ekran. Naszym oczom ukazała się planeta, którą od razu rozpoznałem. Miałem dobry powód, aby unikać tego miejsca.

– Czy to…? – zapytała Abigail.

– Maelstrom – odparł Alphonse. – Jeden z najsilniejszych posterunków wojskowych w całej Unii. I dom Komisarzy.

– To tam mieszkają Komisarze? – zaciekawił się Freddie.

– Tam się zbieramy – wyjaśnił Alphonse. – Na stałe mieszka tam tylko kilku z nich. To mocno strzeżone miejsce. Zazwyczaj przebywa tam mniej niż stu Komisarzy. Pozostali są albo w Czerwonej Wieży, albo na misjach.

Pokręciłem głową.

– Nie możemy się tam zatrzymać. Będziemy lecieć, dopóki nie dotrzemy do jakiegoś lepszego miejsca.

– Ten tunel prowadzi jeszcze bardziej w głąb terytorium Unii – rzekła Athena. – Następna lokalizacja to sama Androzja.

– Stolica? – zapytałem, wypluwając z siebie to słowo tak, jakby było trujące. – Jaja sobie robisz?

– Niestety nie – odparła Kognitywna.

– Słyszałeś, Jace – powiedziała Abigail. – Możemy albo dotrzeć do końca tego tunelu, wylecieć niedaleko Maelstrom albo gdzieś pomiędzy, czyli…

– Niedaleko układu Androzja – dokończyłem. – Taa, rozumiem.

Stałem ze wzrokiem wbitym w tę planetę, a ze wszech stron otaczało mnie milczenie. Bez względu na to, którą wybiorę opcję, Galaktyczny Świt i tak będzie nam deptał po piętach.

– Jak wielkie są siły wroga na Maelstrom? – zapytałem w końcu.

Kognitywna zrobiła zbliżenie planety i naszym oczom ukazało się niewielkie skupisko statków.

– Obecnie siły wroga w tym regionie są zredukowane.

– Bo nie wiedzą, że potrafimy przerwać tunel – powiedział Freddie.

– Masz rację – odezwał się Alphonse. Skrzyżował ręce na piersi. – Wszystkie okoliczne statki Unia wysłała na koniec tego tunelu, aby nas zaskoczyć.

– Co oznacza… – Zmrużyłem oczy, wpatrując się w planetę. – Że musimy opuścić tunel na wysokości Maelstrom i jak najszybciej zrobić kolejną dziurę w niebie.

– Na to wygląda – stwierdziła Octavia.

Kiwnąłem głową.

– Ile zajmie nam lot? – zapytałem.

– Do piętnastu godzin – odparła Athena. – Mniej więcej.

– Do? – powtórzyłem.

Kognitywna kiwnęła głową.

– Zmniejszyłam naszą prędkość, abyśmy mieli więcej czasu. W razie potrzeby mogę nas także zatrzymać wewnątrz tunelu.

– Nie, nie będziemy się ukrywać w tym tunelu – oświadczyłem.

– Piętnaście godzin wystarczy na to, aby się przygotować? – zapytał Freddie.

– Tak – odparłem. – Dopilnujemy, abyśmy byli gotowi.

– Ale nawet z Tytanem i Zbuntowaną Gwiazdą ledwie nam wystarczyło mocy na ostatnią walkę – zauważyła Octavia.

Miała rację. Tytan nadal nie miał pełnego dostępu do swojej broni. A ja nie wiedziałem, ile pocisków przyjmie jego tarcza, nim się rozsypie.

– Kapitanie, teraz, kiedy systemy Tytana odzyskały częściową sprawność, jest coś, co możemy zrobić, aby zwiększyć naszą szansę na przeżycie – oświadczyła Athena. – Pamięta pan statek, w którym zjawiliście się tutaj po raz pierwszy?

– Masz na myśli ten mały i trójkątny? – zapytałem, cofając się myślami do dnia, kiedy spenetrowaliśmy ruiny na planecie, tego samego, w którym odkryliśmy prawdę związaną z Tytanem. Miałem wrażenie, że od tamtego czasu upłynęły lata świetlne. – No więc co z nim?

– Te statki posiadają własne systemy broni. Aż do teraz z powodu panującego na Tytanie niedoboru mocy nie dało się ich obsługiwać – wyjaśniła. – Teraz jednak mogą się okazać przydatne.

– Chcesz mi powiedzieć, że mamy inne statki, które możemy wykorzystać do walki? – zapytałem zdziwiony, że wcześniej o tym nie pomyślałem.

– Istnieje tylko jeden warunek – rzekła.

– Warunek? – powtórzyłem, zerkając na Abigail.

Kognitywna zrobiła krok w moją stronę, uniosła rękę i dotknęła niebieskiego śladu na swojej szyi.

– Będzie pan musiał dostać własny klucz.

18

Znajdowałem się w kapsule, a ręce miałem wyciągnięte wzdłuż tułowia. Choć miejsca było aż nadto, doznawałem uczucia klaustrofobii. Można by pomyśleć, że jak na osobę, która pół życia spędziła na statku kosmicznym, nie przeszkadza mi mała ilość miejsca, tyle że może nie w tym tkwił problem.

Może po prostu nie chciałem, aby w moją skórę wbijało się kilka igieł.

Taa, pewnie chodziło właśnie o to.

Wcześniej zapytałem Athenę, czy reszta załogi może zostać poddana temu zabiegowi, dowiedziałem się jednak, że niestety było za mało czasu na syntezę składników koniecznych do wykonania tych znamion. Jako że rdzeń funkcjonował dopiero od niedawna, materiału wystarczało tylko dla jednej osoby. Mieliśmy ograniczenia czasowe. Poza tym nie zamierzałem pozwolić, aby ktoś z mojej załogi podjął się czegoś ryzykownego, do czego sam byłem sceptycznie nastawiony. Zaproponowałem więc, że mogę być królikiem doświadczalnym. Jeśli Athenie przed pojawieniem się statku Brighama uda się zdobyć kolejną porcję tego czegoś potrzebnego do zabiegu, jako potencjalni kandydaci zgłosili się już Abigail, Freddie i Bolin.

Ale wszystko zależało od tego, czy pierwsza próba zakończy się sukcesem.

– Proszę się nie martwić, kapitanie – rzekła uspokajająco Athena. – Sam proces powinien być względnie bezbolesny. Doświadczy pan dziwnego mrowienia, następnie czegoś, co można przyrównać do pływania w chłodnej wodzie.

Posłałem jej niechętne spojrzenie.

– Mam szczerze gdzieś co będę wtedy czuł – powiedziałem otwarcie. – Trzeba to zrobić, więc jedziemy z tym koksem.

Athena uśmiechnęła się do mnie, po czym się wycofała, pozwalając, aby kapsuła się zamknęła. Obserwowałem, jak urządzenie się zapieczętowuje, następnie czekałem na kolejny etap procesu.

Po chwili kapsułę zaczął wypełniać dziwny gaz. Co dziwne, pachniał ziemniakami, a może po prostu plastikiem. Nim zdążyłem to rozstrzygnąć, poczułem lekkie ukłucie w lewym ramieniu. Odwróciłem głowę i zobaczyłem jarzącą się igłę z utwardzonego światła, wstrzykującą mi do ramienia niebieski płyn.

Ból trwał krótko, jak przy uszczypnięciu. Chwilę później poczułem, jak dziwny chłód rozchodzi mi się po całej ręce. Nie zdążyłem zareagować, gdyż poczułem kolejne ukłucie, tym razem na plecach, a po nim delikatny, niemal przyjemny chłód. Kolejne ukłucie w dolnej części pleców, a następnie w boku i w drugim ramieniu. Poczułem je wszystkie jednocześnie i trwało to nie dłużej niż kilka sekund.

Nieprzyjemne uczucie ustąpiło tak nagle, jak się zaczęło.

Chłodny niebieski płyn krążył w moim krwiobiegu, wypełniając mnie spokojem, jakbym znajdował się w basenie z wodą.

Sądziłem, że zrobię się przez to śpiący, tak się jednak nie stało. Zamiast tego jeszcze bardziej oprzytomniałem na widok rozchodzącego się pod moją skórą światła. Początkowo delikatnie się tylko jarzyło, powoli jednak nabierało mocy. A po kilku zaledwie chwilach stało się wyjątkowo jasne.

Niebieska poświata przemieszczała się, tworząc na mojej skórze wymyślny wzór, który natychmiast rozpoznałem, gdyż miałem go okazję widzieć go mnóstwo razy. To był ten sam znak, który miała Lex. Te same symbole, które zdobiły ciało Atheny. Dzięki tej kapsule zaczynałem wyglądać tak jak one.

Cały proces zajął tylko kilka chwil, a chłodny niebieski płyn nieprzerwanie wędrował przez moje ciało, tworząc kolejne tatuaże. W końcu jarzenie ustało i znowu poczułem się normalnie.

Kapsuła otworzyła się, a ja od razu z niej wyszedłem.

Zbliżyła się do mnie Athena, która, wyraźnie zaciekawiona, zapytała:

– Jak się pan czuje, kapitanie?

Przyjrzałem się swoim rękom – tatuaże, wyglądające niemal plemiennie, a mimo to tak jakoś formalnie. Nie mogłem uwierzyć, że takie dziwne i szczegółowe znamiona umieszczono na moich ramionach, rękach i tułowiu w ciągu kilku zaledwie minut.

– Dobrze – odparłem po kilku sekundach. – Wcale nie było źle.

– Bardzo mnie to cieszy – rzekła Kognitywna. – Zrozumiem, jeśli będzie pan musiał trochę odpocząć.

Przesunąłem opuszkami palców po wytatuowanej skórze, ale nie poczułem bólu ani zgrubień.

– Nie. – Spojrzałem na nią. – Musimy dokończyć przygotowywanie się na to, co ma nadejść. Brigham szykuje się, aby nas wszystkich zabić. Nie ma czasu do stracenia.

Siedziałem w jednym z tych małych trójkątnych statków i przyglądałem się kontrolkom. Wszystko było opisane w jakimś obcym języku, którego w ogóle nie rozpoznawałem. Wiedziałem, że to język pradawnych, gdyż pojawiał się wszędzie na Tytanie. Nie było czasu, aby się go nauczyć, więc pomyślałem, że po prostu będę musiał zapamiętać te komendy.

– Który przycisk odpowiada za zapłon? – zapytałem.

W moim komunikatorze rozbrzmiał głos Atheny:

– Nie ma takiej potrzeby.

– Jak to?

– Wystarczy, że położy pan dłoń na module interfejsu – wyjaśniła.

Obejrzałem uważnie znajdującą się przede mną konsolę, szukając tego modułu. Już miałem prosić o wskazówki, kiedy wypatrzyłem niewielki panel wielkości dłoni. Dotknąłem go, nie oczekując, że coś się wydarzy.

Nowo utworzone wzory na mojej ręce zaczęły się jarzyć, co mnie zaskoczyło. Panel także się rozświetlił, pasując kolorystycznie do mojego tatuażu.

– Doskonała robota, kapitanie – pochwaliła mnie Athena. – Interfejs działa.

– Co dalej? – zapytałem, nie odrywając dłoni od panelu.

– Musi pan wyobrażać sobie swoje komendy – wyjaśniła. – Myśleć o działaniach, które pan chce, aby wykonał ten statek.

„Myśleć o działaniach", pomyślałem. „Brzmi to jak stek bzdur, ale w porządku. Lecimy, głupi statku. Uruchom silniki sterujące".

Nic się nie wydarzyło.

– O co chodzi? Sądziłem, że to coś ma słuchać moich myśli – poskarżyłem się.

– Przepraszam, kapitanie. Powinnam to była doprecyzować – rzekła Athena. – Proszę spróbować wyobrazić sobie, co by pan chciał, aby statek zrobił, ale musi pan to sobie zwizualizować. Ten interfejs rozumie przede wszystkim mentalne obrazy i pragnienia, tyle że muszą być one skupione i znajdować się na samym przodzie pańskiego umysłu.

– Zwizualizować, powiadasz?

Wyobraziłem sobie statek, uruchamiające się silniki, próbowałem zwizualizować przebieg tego procesu, choć na temat tych statków nie wiedziałem zupełnie nic. Wyobraziłem sobie mały trójkąt odrywający się od ziemi i…

Statek nagle zawibrował, a silniki ożyły. Nim zdążyłem zareagować, unieśliśmy się jakiś metr od pokładu. Ta nagła reakcja zaskoczyła mnie, ale w sensie pozytywnym, i na mojej twarzy pojawił się szeroki uśmiech.

– Doskonale, kapitanie – pogratulowała Athena. – Proszę spróbować przenieść statek, ale tylko o kilka metrów. Sugeruję zachowanie ostrożności. Bądź co bądź nadal przebywamy w tunelu. Lepiej, aby nie opuścił pan przypadkowo hangaru.

Gotów byłem założyć się o to, że Kognitywna się ze mną droczy.

Wyobraziłem sobie statek w ruchu, przesuwający się lekko w prawo. No i rzeczywiście przechylił się, następnie ruszył w prawo. Zalała mnie fala ekscytacji i poczucie satysfakcji związane z tym, co robię. Przypomniał mi się pierwszy raz, kiedy jako siedmiolatek użyłem broni. I później, kiedy dokonałem swojego pierwszego napadu.

Stare, dobre czasy.

Statek nagle rzucił się do przodu, a ja aż się wystraszyłem. Zabrałem dłoń z panelu, przez co tatuaże i deska rozdzielcza przestały się jarzyć. Statek opadł z powrotem na pokład, a mną aż szarpnęło.

– Bogowie! – wykrzyknąłem.

– Musi pan utrzymywać koncentrację, kapitanie – poinformowała mnie Athena.

– Chcesz powiedzieć, że jeśli nie będę się koncentrował, to rozbiję ten cholerny statek? – zapytałem.

– Zgadza się. Ale proszę się nie przejmować. Odrobina praktyki i będzie pan latał bez cienia wahania. Stanie się to odruchem.

– A ile trzeba na to zazwyczaj czasu?

– Z każdym użytkownikiem jest inaczej, ale pan dobrze sobie radzi – stwierdziła. – Proszę się nie zniechęcać.

Nie udzieliła odpowiedzi na moje pytanie, odpuściłem jej jednak. Dotknąłem panelu i wyobraziłem sobie, że statek odrywa się od ziemi, i chwilę później tak właśnie się stało. Silniki ponownie się uruchomiły i statek znalazł się metr nad ziemią.

Zwizualizowałem sobie ruch w lewo, w prawo, następnie do przodu i do tyłu. Statek spełnił każde moje polecenie, robiąc dokładnie to, co mu nakazałem. Nie minęło wiele czasu, a fruwał po niemal pustym hangarze, manewrując powoli poziomo i pionowo. Po trzydziestu minutach praktyki uznałem, że mam dość i jestem gotowy na więcej.

– Athena, nie mamy dużo czasu. Chyba powinnaś nauczyć mnie używać broni na tym statku – oświadczyłem.

– Proszę o chwilę cierpliwości. Obecnie systemy obronne są nieaktywne. Zważywszy na pański brak doświadczenia uznałam, że tak będzie bezpieczniej. Zaraz ponownie je aktywuję, aczkolwiek nie będzie to nic groźnego.

– Nic groźnego? – zapytałem, lekko skonsternowany jej słowami. Nie miałem pojęcia, o co jej może chodzić.

– Systemy obronne na każdym ze statków wykorzystują odmianę technologii utwardzanego światła. Dzięki zablokowaniu jednej z opcji w projektorach funkcjonować będą tylko efekty wizualne tej broni.

– Chcesz powiedzieć, że niczego nie będę mógł wysadzić w powietrze?

– Właśnie tak, kapitanie – potwierdziła.

– Kurde. – Nakazałem statkowi przefrunąć na drugi koniec hangaru. – A ja myślałem, że doświadczenie zdobyć mogę jedynie poprzez zrobienie w czymś dziury.

– Być może następnym razem – rzekła Athena.

I znowu ten sarkazm.

W ciągu zaledwie godziny miałem wszystko obcykane. Potrafiłem lecieć w dowolnym kierunku, wykonywać ograniczoną liczbę manewrów i z powodzeniem obsługiwać systemy obronne.

Po kilku godzinach przekazałem załodze informację, że mają się zjawić w sali konferencyjnej. Stałem, choć większość zajęła miejsce za stołem. Dość długo musiałem siedzieć w trójkątnym statku i bolał mnie już tyłek.

– Jak ci poszło? – zapytała Octavia.

– Słyszałem, że rozbił pan jeden ze statków – dodał Freddie.

Posłałem mu ostrzegawcze spojrzenie.

– Potrzebowałem co prawda kilku minut, aby to ogarnąć, ale potem nie było już tak źle.

– A co z nami? – zapytała Abigail.

- To zależy od Atheny, nieprawdaż?

Zdążyła się już zmaterializować i stała teraz cicho z boku, obserwując spotkanie. Zrobiła krok w przód i uśmiechnęła się.

- Za około osiem godzin będę dysponować jeszcze jedną dawką.

- A nie jest tak, że to mniej więcej pora naszego wylotu? - zapytał Freddie.

- Zgadza się - przytaknęła Kognitywna.

Zakląłem pod nosem. Wyglądało to tak, że gdy tylko robiliśmy krok do przodu, pojawiała się jakaś nowa przeszkoda. Mieliśmy teraz dostęp do kolejnego statku, tyle że ja ledwie go potrafiłem obsługiwać, i było za mało czasu na to, aby pozostali naznaczeni zostali tatuażami. Cóż, będziemy musieli zmierzyć się z Brighamem, dysponując jedynie Tytanem, Gwiazdą i jednym z tych małych trójkątnych szturmowców, mimo że w dwudziestu paru hangarach na tym statku wielkości księżyca stacjonowały ich dosłownie setki.

- Skoro tyle tylko możemy zrobić - rzekłem, wyrzucając z siebie frustrację - będzie to musiało wystarczyć. Byliśmy już w gorszych tarapatach i z mniejszą liczbą dostępnych opcji, a mimo to jakoś nam się udawało.

Bolin uniósł rękę.

- W dniu, w którym się poznaliśmy straciłem palec. Nie, żebym się skarżył.

Octavia zerknęła na niego.

- Naprawdę? Pogadamy, kiedy będziesz jeździł na wózku.

- Okej - wtrąciłem. - Nie było więc wcale kolorowo. Rozumiem. Chodzi mi o to, że przetrwaliśmy... i cała załoga żyje. A to nie byle co.

- Otóż to - przytaknęła Abigail.

Bolin kiwnął głową.

– Masz rację. – Były kupiec uśmiechnął się. – Moja córka żyje dzięki tobie. To dług, którego nigdy nie uda mi się spłacić.

– Wszyscy jesteśmy tu dzięki tobie, Jace – oświadczyła Octavia. – Tobie, Abigail i Lex. Jesteśmy tu dlatego, że wierzyliśmy w sprawę, więc nie potrzebujemy gadki o tym, jacy z nas twardzieje albo jak daleko udało nam się zajść. Potrzebujemy jedynie, abyś robił to, co ci wychodzi najlepiej. Znajdź jakieś wyjście z tej sytuacji, a w międzyczasie zabij tyle osób, ile tylko dasz radę.

– A nich mnie, Octavia. – Skrzyżowałem ręce na piersi. – To zdecydowanie lepsza przemowa od tej, którą sobie zaplanowałem. Krótka i konkretna.

Uśmiechnęła się lekko kpiąco.

– Nie przyzwyczajaj się. Nigdy nie byłam typem coacha.

– Zakładam, że ma pan plan, kapitanie – odezwał się Hitchens, który stał za Octavią.

Kiwnąłem głową.

– Skoro wspomniał pan o tym, profesorze, to wydaje mi się, że tak.

19

Siedziałem w małym trójkątnym szturmowcu i czekałem, aż Tytan opuści Slipspace. Już niedługo, a potem zacznie się zabawa.

– Panie Hughes? – odezwał się cichy głos z fotela obok.

Spojrzałam na Lex, która siedziała z nogami dyndającymi nad ziemią.

– Co tam, mała?

Spuściła wzrok, niemal z wahaniem, jakby nie bardzo wiedziała, jak to powiedzieć… albo czy powinna to zrobić.

– Martwisz się – rzekłem w końcu. – O to chodzi?

Pokiwała głową.

– Mówił pan, że to jest niebezpieczne.

Powiedziałem jej prawdę zaledwie godzinę temu. Uznałem, że ma prawo wiedzieć, co się dzieje wokół niej, z obecnymi w jej życiu ludźmi.

– Mówiłem. Ale znasz mnie, no nie, mała? Nie tak łatwo mnie załatwić.

– No – powiedziała cichutko.

Widziałem w jej oczach strach. To było tego rodzaju uczucie, które towarzyszy człowiekowi, kiedy nie zna się wszystkich danych, kiedy nie da się wszystkiego dokładnie przewidzieć.

A potem Lex powiedziała mi to, co już wiedziałem, że od niej usłyszę.

– Nie chcę, żeby pan zginął.

Te słowa ścisnęły mi żołądek jeszcze bardziej, niż przewidywałem. Nie dlatego, że nie chciałem ich słyszeć, ale dlatego, że rozumiałem skąd się biorą.

Oboje przez chwilę milczeliśmy.

– Boisz się – powiedziałem w końcu.

Powoli pokiwała głową.

– Strach to nic złego – mruknąłem. – Wszyscy inni także się boją.

– Pan nie – szepnęła.

– Tak myślisz? – zapytałem i wyprostowałem się na fotelu. Odchrząknąłem. – Nie wiedziałem, że potrafisz czytać mi w myślach, mała.

– Pan się nigdy nie boi, nawet kiedy przychodzą źli ludzie – powiedziała, podnosząc na mnie wzrok. – Pan zawsze jest odważny.

Zaśmiałem się.

– A to dobre, sądziłem, że to *ty* jesteś tą odważną. – Pokręciłem głową. – Ja cały czas odczuwam strach, Lex.

– N-naprawdę? – zapytała, otwierając szeroko oczy.

– Pewnie. Za każdym razem, kiedy mam robotę. Za każdym razem, kiedy czeka mnie walka. Ostatnimi czasy mam wrażenie, że codziennie. Chodzi mi o to, że wszyscy czują strach. To coś w rodzaju instynktu. – Zrobiłem szybki wdech. – Ale to dobra rzecz.

- Naprawdę? - powtórzyła.

Kiwnąłem głową.

- Strach pomaga nie zasnąć, nawet kiedy jest się zmęczonym. Otwiera oczy… uczula, na co trzeba uważać. Strach na swój sposób może być przyjacielem, wiesz?

- Przyjacielem? Serio? - zapytała.

- Trzeba tylko umieć go słuchać. - Stuknąłem się w klatkę piersiową. - Rozumieć, co próbuje ci zakomunikować.

- Nie wiedziałam, że on mówi.

- No pewnie. To taki cichy głosik głęboko w tobie, który mówi, gdzie kryje się niebezpieczeństwo i uczy, jak pozostać przy życiu. Jedyne, co trzeba zrobić, to nastawić uszu i słuchać.

Przez długą chwilę siedziała ze wzrokiem wbitym w konsolę, przetrawiając to, co jej powiedziałem.

- Więc strach jest dobry - rzekła w końcu i spojrzała na mnie. - Można się bać i to jest okej.

- Właśnie tak - przytaknąłem.

- W takim razie oboje się boimy - oświadczyła. - I musimy po prostu słuchać.

Kiwnąłem głowę.

- Boję się jak diabli - wyznałem. - Ale nikomu nie mów. Muszę dbać o swoją reputację.

Zachichotała.

- Ja też! Muszę dbać o swoją!

- No jasne, mała - odparłem i poklepałem ją po głowie, po czym oboje się zaśmialiśmy.

- Jaki jest nasz status, Atheno? - zapytałem.

Zbliżała się pora rozpoczęcia misji i siedziałem w swoim szturmowcu z ręką na panelu, gotowy do działania.

– Tytan przelatuje obecnie przez układ Maelstrom. Za około pięć minut wylecimy w pustą przestrzeń kosmiczną w odległości niecałego roku świetlnego od planety – odparła. – Nieco dłużej, a znajdziemy się bliżej Androzji.

– Wszyscy to słyszą? – zapytałem przez komunikator.

– Tak – odparła Abigail, która znajdowała się na mostku w Zbuntowanej Gwieździe. Choć bolała mnie świadomość, że za sterami mojego statku będzie siedział ktoś inny, tylko jej wystarczająco ufałem. – Frederick i ja będziemy gotowi. – Zawahała się. – I oczywiście Sigmond.

– Zgadza się – odezwał się Siggy. – Jestem do pani dyspozycji, panno Pryar.

– Zabierzemy ten księżyc w bezpieczne miejsce, kapitanie – powiedział Freddie.

– Octavio? – zapytałem i spojrzałem na drugi koniec hangaru. – Co z pozostałymi?

– Znamy plan – odparła była unijna medyczka. – Alphonse szykuje się do poddania się temu samemu zabiegowi co pan. W razie potrzeby wyślemy go na pomoc.

– Jest pan pewny co do tego człowieka? – zapytał Freddie. – Bądź co bądź obdarzamy go wielkim zaufaniem.

– Tylko on da sobie radę – stwierdziła Octavia. – Ma odpowiednie kwalifikacje, jest przyzwyczajony do działania pod presją i ma doświadczenie w lataniu.

– Wyluzuj, Fred. Miejmy nadzieję, że do tego nie dojdzie – rzuciłem.

Westchnął, ale się wyprostował i kiwnął głową.

– Dobrze. Damy radę.

– Nie mam co do tego wątpliwości – wtrąciła Abby.

– Na stworzenie nowego tunelu dalekiego zasięgu będę potrzebowała co najmniej dwudziestu minut – odezwała się Athena. – W tym czasie musicie zrobić to, co trzeba.

– Jasna sprawa, paniusiu – mruknąłem. – Nie nawalę.

– Wobec tego kończcie przygotowania, a my udamy się teraz na mostek Tytana – poinformowała Octavia. Odwróciła się na wózku i zaczęła się od nas oddalać. – Powodzenia.

Hitchens i Bolin zamachali, a z tej odległości wydawali się uderzająco podobni do siebie.

Wyszli z hangaru razem z Lex, która trzymała za rękę Camillę. Spojrzenie dziewczynki zatrzymało się na mnie na chwilę, po czym skręciła za róg.

Westchnąwszy, stuknąłem w komunikator w uchu.

– Wszystko gotowe, Abby?

– Gotowe, Jace.

– Okej. – Odchrząknąłem. Przez chwilę milczałem, starając się zebrać myśli.

– Do punktu docelowego dotrzemy za piętnaście sekund – oznajmiła Athena.

– No to do dzieła – mruknąłem.

Położyłem dłoń na panelu i wyobraziłem sobie, że mój statek odrywa się od podłogi hangaru. Poczułem pod sobą głuchy pomruk i nagle znajdowałem się w powietrzu, przemieszczając się w stronę wyjścia.

Po krótkiej chwili Athena rzekła:

– Tytan opuścił tunel. Proszę działać zgodnie z planem. Powodzenia, kapitanie.

– Dzięki. – Wyleciałem z hangaru na otwartą przestrzeń. – Przyda nam się jak nie wiem co.

Według Atheny Tytan będzie potrzebował wielu minut na to,

aby doładować swój rdzeń, a następnie utworzyć nowy tunel. W celu przyspieszenia tego procesu konieczne będzie opuszczenie tarcz i unikanie niepotrzebnej walki. Oczywiście jeśli jakieś wrogie statki zbliżą się na tyle, aby stanowić realne zagrożenie, tarcze zostaną uniesione i Tytan rozprawi się z zagrożeniami, im jednak dłużej uda się tego unikać, tym lepiej.

I tutaj do akcji wkraczaliśmy ja, Abigail i Freddie. Naszym zadaniem było odwrócenie uwagi i spowolnienie ewentualnego ataku tych kilku tuzinów niedużych i średniej wielkości statków w lokalnych układach. Problemem może się okazać Galaktyczny Świt, kiedy się już oczywiście pojawi, ale dopiero wtedy będziemy się tym martwić. Na razie musieliśmy trzymać się po prostu planu.

– Athena, możesz zająć swoją pozycję – rzekłem. – Pamiętaj, pozostań w górnej części atmosfery tej planety. Skup się na doładowywaniu rdzenia, tak byśmy mogli szybko się stąd zmyć.

– Zrozumiałam – odparła Kognitywna.

– Proszę pana – wtrącił Sigmond. – Wykrywam wiele nadlatujących statków, reagujących na nasz przylot.

– O jakich statkach jest mowa, Siggy? – zapytałem.

– Piętnaście małych i średnich statków szturmowych pod banderą Unii – poinformowała mnie AI.

Stuknąłem w konsolę i mentalnie kazałem jej dokonać szybkiego przeskanowania układu, tak jak pokazała mi Athena. Kiedy to zrobiłem, ekran w górnej części deski rozdzielczej zmienił się i pokazał odczyt sześciu planet, jak również Tytana, Zbuntowaną Gwiazdę i moją lokalizację.

W czasie, kiedy obserwowałem odczyt, Tytan zaczął się oddalać od naszego obecnego położenia, kierując się w stronę gazowego olbrzyma na skraju układu słonecznego. Athena zaczeka tam do ostatniej chwili przed pojawieniem się Galaktycznego Świtu. Będzie potrzebowała czasu na podładowanie rdzenia i zamierzałem dopilnować, aby go otrzymała. Im więcej zgromadzimy energii, tym dalej uciekniemy od Unii.

Tytan zbliżył się do gazowego olbrzyma, a chwilę później znalazł się w jego górnej stratosferze.

– Aktualna pojemność rdzenia wynosi pięćdziesiąt cztery procent – oznajmiła Athena. – Rozpoczyna się sekwencja ładowania.

– Zbliżają się wrogie statki. Dotrą za dwie minuty – poinformował Sigmond.

Nakazałem mojemu małemu statkowi unieść tarcze. Stało się tak od razu, bez konieczności wypowiadania przeze mnie choćby jednego słowa.

– Abby, na pewno jesteś na to gotowa? – zapytałem.

– Ja? – Zachowywała się tak, jakbym zaskoczył ją tym pytaniem. – Bardziej bym się martwiła, będąc na twoim miejscu i lecąc tym dziwnym małym statkiem po kilku zaledwie godzinach szkolenia.

– Kiedy załapie się, o co chodzi, to dalej idzie już łatwo. – Wyobraziłem sobie, że statek wykonuje poziomy obrót, no i tak właśnie zrobił. A potem pionowy. – Widzisz? Śmiga jak marzenie.

– I po co to popisywanie się? – zapytała.

Usłyszałem w tle śmiech Freddiego.

– Nasz kapitan to nie byle kto, no nie?

– Siedź na tyłku i bądź cicho, Fredericku – zbeształa go Abigail. – Jeśli tak będziesz mówił, jego ego stanie się jeszcze bardziej rozbuchane.

– Przepraszam, że przeszkadzam – wtrącił Sigmond. – Pojawiły się statki wroga. Uznałem, że będziecie chcieli o tym wiedzieć.

Spojrzałem na radar i na drugim końcu układu dostrzegłem kilkanaście kropek.

– Słyszeliście – rzuciłem. – Pora brać się do roboty.

Z każdą mijającą sekundą czerwone kropki coraz bardziej się przybliżały.

Abigail aktywowała na Gwieździe pelerynę, ja tymczasem zawróciłem i udałem się za pobliską planetoidę. Te pradawne statki z Ziemi nie miały peleryn – licho wie czemu – ale o ile nie wiedziało się, czego szukać, ich wykrycie za pomocą tradycyjnego sprzętu było niemal niemożliwe. To samo tyczyło się Tytana.

Gdybyśmy tylko potrafili zamaskować tunel, może i umknęlibyśmy kompletnie niezauważeni, tyle że coś takiego przekraczało zdolności Atheny.

„Nic nie szkodzi", pomyślałem, obserwując jak cztery pierwsze statki wylatują zza pobliskiej planety. „Będziemy się po prostu musieli bawić tym, co mamy".

Statki minęły moją miejscówkę, kierując się w stronę tunelu, z którego się wyłoniliśmy. Gdy to zrobiły, obróciłem mój szturmowiec i wycelowałem w jeden ze statków w środku.

Wyobraziłem sobie, że mój statek wyrzuca z siebie taką samą niebieską serię pocisków jak wcześniej, w hangarze, i nagle tak właśnie się stało. Pierwsza seria wyleciała z lewego skrzydła, szybko się zbliżając w stronę wrogich statków.

Skutek był taki, że tarcza otaczająca te cztery statki pękła, a one się rozpierzchły.

– Teraz, Abby! – zawołałem.

Zbuntowana Gwiazda schowała pelerynę, następnie zaczęła wypluwać w stronę myśliwców serię pocisków.

Zanim się oddaliły, Abby trafiła w pierwszy z nich. Rozpadł się na kawałki. Działa Gwiazdy wystrzeliły serię pocisków, a każdy był wycelowany w inny statek. Nim zdążyły zareagować, torpedy przebiły im kadłuby i posłały prosto do piekła.

Skupiłem się na ostatnim z czwórki, następnie nakazałem swoim działom wystrzelić kolejną serię. Pociski trafiły w skrzydło i myśliwiec zaczął wirować. Abby wykorzystała okazję i także przypuściła atak. Wystrzelone przez nią kule powbijały się ukośnie w kadłub, przecinając go niczym papier i trafiając w silnik. Po kilku sekundach statek eksplodował.

– Nieźle! – pochwaliłem Abby.

W tym momencie ujrzałem na wyświetlaczu kolejne czerwone kropki mówiące, że walka jeszcze długo się nie skończy.

– Spuść pelerynę! – krzyknąłem. – Mamy towarzystwo.

Zbuntowana Gwiazda znikła, wtapiając się w ciemność kosmosu. Nadal mogłem ją śledzić na radarze, dzięki czemu będę wiedział, gdzie się znajduje w danej chwili, i łatwiej mi będzie manewrować tak, abyśmy mogli współpracować.

W moją stronę frunęło dwanaście kolejnych kropek. Przypuszczałem, że ta pierwsza fala znajdowała się bliżej, kiedy się zjawiliśmy, oczywiście na nieszczęście dla nich. Gdyby te myśliwce zaczekały na swoich kumpli, nieco dłużej pozostałyby w jednym kawałku.

Niewiele dłużej, no ale jednak. Nie brałem dzisiaj żadnych jeńców. Jeśli stanowiłeś zagrożenie dla mojego statku i mojej załogi, było po tobie.

Myśliwce szybko się zbliżały, a ich celem były zniszczone statki poległych kolegów. Ich pasażerowie z pewnością mieli w głowie totalny mętlik.

Wkrótce wszystko zrozumieją.

W stronę ostatniego statku oddałem strzał niebieskiej energii.

Wdarła się przez kadłub do kokpitu, tworząc otwór tak wielki, że dałoby się przez niego wlecieć. Jakimś cudem statek nie rozpadł się, ale stanie się tak pewnie lada chwila.

Pozostałe myśliwce odwróciły się w moją stronę, wypuszczając szybkie serie pocisków. Większość chybiła, kilka jednak trafiło w moją tarczę. Odpowiedziałem ogniem z działa, celując w najbliższy statek.

Statki ruszyły ku mnie, rozdzielając się na dwie grupy i korzystając z dwóch tarcz.

Zbuntowana Gwiazda opuściła pelerynę i zaczęła bombardować pociskami jedną z grup.

Uznałem, że to dla mnie sygnał, aby zająć się drugą.

Zacząłem lecieć i chwilę później zanurkowałem pod zbliżającą się grupą. Przechyliłem statek i wystrzeliłem prosto w środek ich tarczy. Ku mojemu zaskoczeniu tarcza to wytrzymała.

Uniknąłem ognia wroga dzięki skręceniu w lewo, wzniesieniu się, następnie skręceniu w prawo. Sporo pocisków trafiło w moją tarczę, nie wyrządziły jednak większej szkody.

Niezły był ten statek.

W stronę tarczy wroga wystrzeliłem kolejną serię i tym razem w końcu się rozpadła. Udało mi się zniszczyć środkowy statek. Wiązka dotarła także do krawędzi jednego z pozostałych myśliwców, przez co ten wpadł na drugi i w sumie udało mi się unieszkodliwić trzy na raz. Zostały tylko dwa, dzięki czemu szybko je załatwiłem.

No i dobrze, bo nie było takiej opcji, aby Abby poradziła sobie z całą szóstką pozostałych statków, nawet mając do pomocy Siggy'ego i Freddiego. Kochałem tę moją Gwiazdę, jednak nie był to statek wojenny. Swoje potrafił, zgoda, ale...

Nim zdążyłem dokończyć tę myśl, eksplodowały dwa myśliwce z drugiej grupy. Zbuntowana Gwiazda przefrunęła przez szczątki, pozwalając, aby roztrzaskane fragmenty metalu odbijały się od jej tarczy. Seria pocisków z poczwórnych dział zniszczyła dwa kolejne statki, dzięki czemu pozostał tylko jeden.

Rzucił się do ucieczki. Gwiazda posłała za nim solidną serię, trafiając najpierw w ogon, następnie w kadłub, roztrzaskując go na kawałki.

Zagwizdałem.

– Ja pierdolę, Abby.

– Wydajesz się zaskoczony – odparowała mniszka.

– Może trochę – przyznałem.

Gdzieś w pobliżu rozbłysło nagle zielone światło. To była szczelina, ponownie otwierający się tunel.

– Jace! – usłyszałem krzyk Abigail.

– Widzę – odparłem. – Athena, jaki jest status tego rdzenia?

– Poziom naładowania trytowego rdzenia to w tej chwili osiemdziesiąt siedem procent – poinformowała Kognitywna.

– Za mało – mruknąłem i obróciłem statek w stronę tunelu.

Nie byłem pewny, co moglibyśmy zrobić ze statkiem tak potężnym jak Galaktyczny Świt, postanowiłem jednak, że utrzymamy tę pozycję najdłużej, jak się da.

Z tunelu zaczął się wyłaniać transportowiec. Widać już było potężny kadłub z wymalowaną złotymi literami nazwą statku.

Nim jeszcze w pełni opuścił tunel, w komunikatorze rozległ się głos:

– Tutaj generał Brigham z Unijnej Floty. Kapitanie Hughes, proszę o natychmiastową odpowiedź.

Zdziwiłem się, słysząc Brighama, bo przecież nie przyjąłem połączenia, ale szybko odsunąłem od siebie tę myśl. Nie miałem Sigmonda, który by się tym zajmował.

Kiedy Brigham powtarzał przekaz, wyobrażałem sobie jego twarz.

Na konsoli pojawił się obraz przedstawiający starszego mężczyznę w wojskowym mundurze Unii. Ku memu zdziwieniu okazało się, że to Brigham.

– Kapitanie Hughes, proszę odpowiedzieć.

– Że niby co? – zapytałem.

Na dźwięk mego głosu generał uniósł brew.

– Hughes? Postanowił się pan w końcu poddać?

Zawahałem się, zwlekając z odpowiedzią. Dlaczego on mnie słyszał? Przypadkowo otworzyłem połączenie? Musiała to zrobić moja podświadomość. Nie przywykłem jeszcze do sprawowania kontroli nad tym statkiem, więc może niechcący tak właśnie zrobiłem.

Odchrząknąłem.

– Generale – powiedziałem spokojnie. – Co mogę dla pana zrobić?

Brigham nie sprawiał wrażenia poruszonego moim pytaniem.

– Może się pan natychmiast poddać, kapitanie. Proszę to zrobić bez zbędnej zwłoki, a dopilnuję, aby pańskiej załodze nic się nie stało.

– Nie traćmy znowu czasu na takie gadki – rzekłem, wracając myślami do ostatniej rozmowy z tym człowiekiem. Złożył mi taką samą propozycję, którą z marszu odrzuciłem. – Chcecie dzieciaka. Ja go nie oddam. Mamy więc impas.

– Rzeczywiście – zgodził się generał. – Z pewnością rozumie pan jednak, że moje możliwości znacznie przewyższają pańskie. Proszę porównać nasze statki, kapitanie. Galaktyczny Świt to flagowiec naszej floty. Nie ma sobie równych.

– To prawda. – Kiwnąłem głową. – Pan przechadza się po tej

bestii, a ja mam do dyspozycji Zbuntowaną Gwiazdę. W żaden sposób nie możemy się równać.

– Cieszę się, że pan to rozumie – rzekł.

Uniosłem palec.

– Dobrze, że w niej teraz nie siedzę, prawda?

Zawahał się i ściągnął brwi.

– Słucham?

– Przekona się pan.

Nakazałem mojemu statkowi, aby przyspieszył. Wyobraziłem sobie, jak komunikator przerywa połączenie, i w tym momencie obraz generała zniknął.

Szturmowiec ruszył w stronę Galaktycznego Świtu, a zaraz za nim Gwiazda. Działem strzelającym wiązkami potraktowałem pierwszą sekcję kadłuba Świtu, pozostawiając na metalu długi ślad. Wyglądał jak przypalenie, aczkolwiek miałem pewność, że nie wyrządziłem wielkiej szkody. Większe unijne statki miały wiele grubych warstw powlekających, przez co trudno się było przebić przed kadłub i dokonać poważnych zniszczeń.

– Trytowy rdzeń dziewięćdziesiąt jeden procent – rozległ się w moim uchu głos Atheny.

Abby wysłała ze Zbuntowanej Gwiazdy serię pocisków z poczwórnego działa, trafiając w to samo miejsce, w które uderzyłem dosłownie przed chwilą, po czym natychmiast się wycofała. Nie mogła zbyt długo pozostawać na widoku, aby nie przyciągnąć uwagi Świtu.

Dzięki tym pociskom warstwa powlekająca bardziej ucierpiała, a w kadłubie utworzyła się szczelina. Potraktowałem ją jeszcze jedną serią w nadziei na największe możliwe szkody, bez względu na to, jak mało się okażą znaczące.

Działa Galaktycznego Świtu odwróciły się i wystrzeliły w moją stronę, jednak na szczęście dla mnie nadal nie rozgryziono, w jaki sposób namierzać pradawne ziemskie statki.

Dałem nura do przodu, zbliżając się do Świtu, mało nie ocierając się o jego kadłub. Wysoko nade mną zamigotało pomarańczowe światło, co oznaczało, że aktywowane zostały ich tarcze. Tkwiłem uwięziony pod nimi, zatem mogę narobić jeszcze większych szkód.

Zawisłem nad martwym punktem niedaleko środka statku, gdzie broń nie była w stanie sięgnąć, następnie wystrzeliłem kilka celnych serii.

Brigham będzie musiał dokonać wyboru, jako że stąd nie mógł we mnie trafić. Albo opuści tarcze i wypuści swoje szturmowce, albo siądzie na tyłku i porządnie oberwie.

Mnie pasowały obie opcje.

Nakazałem systemowi namierzającemu wycelować w sekcję silnikową, następnie wystrzeliłem z działa w kadłub, powoli go rozrywając.

Tak jak się spodziewałem, tarcze wkrótce się wyłączyły. Brigham wyśle swoje myśliwce, aby rozprawiły się ze mną, nie wiedział jednak, że mój statek kryje w sobie coś więcej niż zwykłe działo.

Podleciałem bliżej do otwartego kadłuba i wyobraziłem sobie, że mój statek wypuszcza minę – taką samą, jak te, których Athena użyczyła mi podczas naszej napaści na Priscillę.

Bomba wysunęła się spode mnie i udała się dokładnie tam, gdzie chciałem – do środka pękniętego kadłuba.

Pozwoliłem sobie na szeroki uśmiech.

– Abby, wracam! Leć w stronę Tytana!

– Już to robię – odpowiedziała.

Sprawdziłem radar i przekonałem się, że reprezentująca

Zbuntowaną Gwiazdę niebieska kropka przemieszcza się w stronę gazowego olbrzyma. Tytan znajdował się po jego drugiej stronie, nadal pozwalając, aby rdzeń się ładował.

W tym samym czasie pode mną pojawiła się fala czerwieni. Na otwartą przestrzeń wylatywały setki szturmowców. Najpierw przylecą po mnie, ale to akurat wcale nie było dla mnie zaskoczeniem.

Wzniosłem swój statek nad Galaktyczny Świt i szybko przeleciałem między dwoma uniesionymi działami. Jeden i drugi wystrzeliły w moją stronę torpedy. Uniosłem się wyżej, a potem w bok, unikając pocisków. Jako że nie można mnie było namierzyć, strzały oddawano na ślepo, ja natomiast przemieszczałem się wzdłuż kadłuba, niemal do niego przyklejony.

Pozostałe szturmowce ruszyły w ślad za mną. Trzymałem się tak blisko Świtu, jak się tylko dało. Te pociski, które ominą mnie, trafią w transportowiec, nie dopuściłem więc do tego, aby za bardzo się od niego oddalić.

Za mną pojawiło się ładnych kilka szturmowców, w końcu strzelając mi w tył. Najwidoczniej zabicie mnie było ważniejsze niż bezpieczeństwo ich flagowca. Potraktowałem to jako komplement.

Moim statkiem zatrzęsło, ale nie na tyle, abym zwolnił. To nie było trafienie bezpośrednie. Dwa inne pociski minęły mnie i zderzyły się z kadłubem Galaktycznego Świtu. Miałem szczęście, bo to oznaczało, że nadal nie są mnie w stanie dokładnie namierzyć.

Wyłączyłem silniki i odwróciłem statek przodem do napastników, następnie odpowiedziałem ogniem. Posłałem w ich stronę wiązkę niebieskiej energii, zdejmując za jednym zamachem sześć statków. Pozostałe rozpierzchły się niczym stado przestraszonych ptaków.

Ponownie się obróciłem, pozwalając im odlecieć. Mój wróg był potężniejszy od nich wszystkich i znacznie bardziej niebezpieczny. Wzniosłem się wysoko nad Galaktyczny Świt, po czym przechyliłem statek tak, by mieć widok na ogromny transportowiec.

Wpatrywałem się w jeden z najpotężniejszych statków w galaktyce, skrywający w sobie setki mniejszych jednostek, dowodzony przez doświadczonego generała z dekadami doświadczenia w walce. Osoby obserwujące nas z zewnątrz mogłyby uznać, że to walka jednostronna i że życie mi niemiłe skoro w ogóle do niej przystąpiłem.

Ale wygrywa ten, kto sprawuje kontrolę nad polem walki, a w tej chwili tym kimś byłem ja.

Miałem asa w rękawie w postaci cholernego księżyca.

– Athena, podaj status! – krzyknąłem.

– Trytowy rdzeń dziewięćdziesiąt pięć przecinek sześć procent – odparła natychmiast Kognitywna.

Wyszczerzyłem się.

– Wystarczy! A teraz zabieraj tego olbrzyma do mnie!

– Zrozumiałam.

Zainstalowane na Świcie działa ponownie wystrzeliły w moją stronę, trafiając w tarcze i sprawiając, że statek aż podskoczył. Po kilku sekundach udało mi się dokonać reorientacji.

Mój radar wykrył kolejną serię pocisków, skierowanych prosto we mnie. Staruszek w końcu wykombinował, w jaki sposób mnie namierzyć.

Fajnie było, ale się skończyło.

Nakazałem statkowi ruszyć przed siebie, uciekając przed torpedami. Goniły mnie. Odwróciłem się i oddałem strzały w stronę dwóch bomb.

Pierwszą trafiłem, od razu ją niszcząc, druga jednak dalej się przemieszczała. „Nie miałem czasu na kolejne strzelanie, więc będę musiał przyjąć to w sposób bezpośredni.", pomyślałem. Miałem nadzieję, że moje tarcze to wytrzymają.

Tuż przed tym, jak torpeda mnie dosięgła, uderzyła w nią wiązka niebieskiego światła, powodując jej zapłon. Mało nie spadłem z fotela.

– Ja pierdo…

– Hej, kapitanie – odezwał się głos w komunikatorze.

Przez mój ekran przeleciał statek, identyczny jak…

– Alphonse? – zapytałem, nachylając się ku konsoli. – To ty?

Na ekranie pojawił się obraz przedstawiający Alphonse'a od pasa w górę. Skinął głową w moją stronę.

– Przepraszam za zwłokę. Zrobienie tych tatuaży zajęło nam trochę czasu.

– W ogóle się ciebie nie spodziewałem, więc potraktuję to jako bonus – rzekłem.

Uśmiechnął się.

– Ja także, kapitanie.

– Trzymaj się blisko mnie i postaraj się nie dać zestrzelić, Al. Wracamy do Tytana, bo zaczyna się robić nieciekawie.

– Będę tuż za panem.

Odwróciłem statek przodem do Galaktycznego Świtu.

– Jeszcze jedna sprawa – mruknąłem, wysyłając pozostawionej w kadłubie bombie mentalną komendę.

W tym samym momencie kadłub Galaktycznego Świtu eksplodował, odrywając metal od metalu, odłupując potężny kawał statku. Światła na Świcie zamigotały, gdy fragmenty statku rozproszyły się po przestrzeni kosmicznej.

Reakcją Brighama okazało się uniesienie pomarańczowych tarcz, lecz było za późno, aby naprawić to, co się już zepsuło. Naprawa będzie się ciągnęła miesiącami.

Zawróciłem w stronę widocznego w oddali gazowego olbrzyma, kusząc Brighama, aby udał się za mną.

Obserwowałem na wyświetlaczu holograficznym Galaktyczny Świt i zastanawiałem się, czy generał rzeczywiście będzie mnie ścigał. Na razie nic nie wskazywało na to, aby odpuścił.

Wielka czerwona kropka zamigotała, pozostając w tej samej pozycji dłużej, niż się z tym czułem komfortowo. Już miałem się odwrócić i znowu wystrzelić w stronę transportowca, kiedy ten w końcu ruszył z miejsca.

Musiałem przyznać, że mimo brakującej części kadłuba statek ten nadal potrafił onieśmielać. Oby Brigham pomyślał to samo na widok mojego wsparcia.

Gdy zbliżyliśmy się do gazowego olbrzyma, dostrzegłem czającego się w jego atmosferze Tytana. Zaraz za nim znajdowała się Zbuntowana Gwiazda, czekająca na sygnał do działania.

Wykorzystując wszystkie pozostałe działa, Galaktyczny Świt wystrzelił w stronę Tytana. Setki pocisków wypełniły przestrzeń między tymi statkami.

Czy Brigham próbował zniszczyć Tytana? No cóż, nie znał jeszcze pełnego potencjału tej megakonstrukcji. Czekała go nieprzyjemna niespodzianka.

Razem z Alphonsem wprowadziliśmy nasze statki w bezpieczną strefę pod tarczą Tytana. Gdy tak się stało, usłyszałem w komunikatorze głos Atheny:

– Aktywuję tarczę.

Wokół księżyca pojawiła się niebieska ściana, z którą zderzyło się mnóstwo bomb. Tarcza absorbowała te eksplozje. Nie minęło kilka sekund, a wszystkie pociski zdążyły do niej dolecieć. Mimo to dzielnie się trzymała.

Odetchnąłem z ulgą, po czym przypomniałem sobie, jak blisko śmierci byłem zaledwie przed chwilą, i nagle znowu cały się spiąłem.

– Alphonse, zadokuj swój statek i dołącz do pozostałych. Ja i Abby zaraz też się tam zjawimy – powiedziałem.

– Kapitanie, nie powinienem pana opuszczać – odparł.

– Będę zaraz za tobą – zapewniłem go. – Chcesz być częścią tej załogi? To oznacza wypełnianie rozkazów.

– Rozumiem.

Obserwowałem jak wlatuje między pomarańczowe i czerwone chmury atmosfery, następnie znika mi z oczu.

W tym samym momencie radar wypełniła niezliczona liczba statków szturmowych, które wyfrunęły z Galaktycznego Świtu i zmierzały w naszą stronę. Tytan nadal znajdował się w górnej warstwie atmosfery, częściowo ukryty przed wrogiem.

Chmara statków leciała przez próżnię w stronę Tytana, dokładnie tak, jak chciałem.

– Oto twoja szansa, Atheno! – rzuciłem i nakazałem swojemu statkowi podlecieć do tylnej części Tytana, zanurzając się w chmury. – Pokaż tym draniom, gdzie ich miejsce!

– Zmieniam położenie i aktywuję wiązkę szturmową – poinformowała Kognitywna. – Proszę się nie oddalać.

Tytan przemieścił się pośród chmur tak, że miał widok na nadlatujące myśliwce.

Jarzenie się tarczy wokół Tytana zgasło i w kilku miejscach wokół statku utworzyły się niebieskie wiązki światła. Każda była wielokrotnie większa od tej, którą emitował mój mały statek. Wystrzeliły przez atmosferę planety i przecięły próżnię, napędzane gniewem cywilizacji liczącej sobie dwa tysiące lat.

W jednej chwili niebieskie wiązki przedarły się przez kilkadziesiąt statków, przemieniając je w kosmiczny pył. Tych kilka, które pozostały, albo było unieruchomione, albo obracało się w niekontrolowany sposób.

Zdumiała mnie potęga tego ataku. W życiu nie widziałem niczego równie destrukcyjnego.

Wiązka nieprzerwanie sunęła w stronę Świtu, aż dotarła do jego tarcz. Po chwili zgasła, lecz Athena zareagowała natychmiastowym wysłaniem kolejnej.

Galaktyczny Świt nie miał szansy na wzięcie odwetu. Athena zbombardowała go dodatkowo kilkoma seriami torped. Tarcza transportowca dała w końcu za wygraną i popękała niczym pomarańczowe szkło.

Wiązka światła oderwała spory kawał kadłuba, rozłupując statek, lecz go nie niszcząc. Unia dobrze budowała, używając wielu wzmocnionych warstw ochronnych.

– Siggy, opuść windę – przekazałem. – Wlatuję.

– Oczywiście, proszę pana – odpowiedziała AI.

Zbliżyłem się małym statkiem do Zbuntowanej Gwiazdy i w tym samym momencie otworzyła się ładownia. Nakazałem statkowi aktywować tryb lądowania, a następnie zadokować.

– Kapitanie Hughes – odezwała się Athena. – Daję znać, że przez najbliżej położony tunel lecą w naszą stronę wrogie statki.

– Co konkretnie? – zapytałem, czekając, aż winda się zamknie.

– Dwa kolejne transportowce. Każdy z nich jest mniej więcej tak duży jak Galaktyczny Świt – odparła.

Zaskoczyła mnie.

– Powiedziałaś dwa transportowce?

– Zgadza się – potwierdziła.

– Athena, musisz otworzyć tunel i uciekać! – warknąłem i zerwałem się z fotela.

Drzwi statku otworzyły się i wybiegłem do ładowni Zbuntowanej Gwiazdy, kierując się ku najbliższym schodom.

– Jaki jest przewidywany czas waszego przybycia? – zapytała.

– Po prostu leć! – nakazałem. – Zejdź im z oczu i znowu skryj się w chmurach, następnie otwórz tunel. Rozmieścimy kilka min, aby ich spowolnić, ale będziemy zaraz za tobą!

Wbiegłem do przedniej części statku. Gdy znalazłem się w salonie, w komunikatorze rozległ się głos Abby:

– Jace? Gdzie jesteś? Co my…

Otworzyłem drzwi od kokpitu i napotkałem spojrzenia jej i Freddiego.

– Zamiana – rzuciłem, wykonując ręką odpowiedni gest.

Abby wstała z fotela, robiąc mi miejsce.

– Siggy, trzymaj się blisko Tytana i przygotuj się na rozmieszczenie min!

– Zrozumiałem – odparł Sigmond. – Witam z powrotem, proszę pana.

– Jace, co się dzieje? – chciała wiedzieć Abigail.

– Uciekamy – odparłem, nie zawracając sobie nawet głowy zapinaniem uprzęży. – W naszą stronę lecą dwa kolejne Świty i coś mi mówi, że jeśli zostaniemy, to już po nas.

– Nawet z Tytanem? – zapytał Freddie.

– Nie zamierzam ryzykować – odparłem, zerkając na niego. – Fred, do tyłu! Mniszka ma lepsze oko do zabijania.

– N-no tak – odparł i wstał z fotela.

Abby usiadła obok mnie i przywołała kontrolki broni.

Odezwał się głos Atheny:

– Tworzę nowy tunel.

Już miałem zapytać, ile to potrwa, lecz okazało się to niepotrzebne. Zaczęła się tworzyć szczelina, zaskakując nas pęknięciem w atmosferze. Pomarańczowe i żółte chmury zawirowały i przybrały ciemniejszy odcień, kiedy zderzyła się z nimi zielona szczelina.

– Ja pierdolę – rzuciłem. – Szybko poszło.

– To pewnie ten nowy rdzeń – rzekła Abigail.

– Zgadza się – potwierdziła Athena. – Za dziesięć sekund wlatuję do Slipspace.

Otworzenie tunelu wewnątrz atmosfery planety jest bezpieczne? – zapytała Abby.

– Zaraz się dowiemy – mruknąłem. – Athena, leć. Będę zaraz za tobą. – Pociągnąłem za drążki na konsoli i wylecieliśmy zza Tytana, schodząc ze ścieżki jego lotu. – Siggy, jak tam miny?

– Gotowe do rozmieszczenia, proszę pana – odparła AI.

Spojrzałem na Abby.

– Miej oko na szturmowce, które wyślą w naszą stronę. Jeśli się zbliżą w czasie, kiedy będziemy rozmieszczać miny, już po nas.

– Dam sobie radę – odparła i kiwnęła głową.

Wziąwszy kolejny oddech obserwowałem jak Tytan wlatuje do tunelu. Mieliśmy dosłownie kilka sekund na wypuszczenie min, nim pojawią się statki wroga.

A więc to by było na tyle, jeśli chodzi o posiadanie planu.

20

W rekordowym tempie dokonaliśmy rozmieszczenia kilkunastu min, aczkolwiek była to tylko jedna trzecia naszych zapasów. Galaktyczny Świt został unieruchomiony, niemniej czuliśmy na plecach oddech unijnego wsparcia.

Tytan wleciał do tunelu, spodziewając się, że od razu pójdziemy jego śladem. Szczelina pozostawała otwarta i wiedziałem, że lepiej nie pozwolić jej się zamknąć. Zbyt długo by trwało ponowne otwieranie i naprawdę nie miałem pojęcia, czy w tej atmosferze w ogóle by się to udało. Musiałem jedynie skończyć rozmieszczać miny…

Tuż za Galaktycznym Świtem otworzył się tunel. Wyłonił się z niego kolejny transportowiec, a ja na jego widok otworzyłem szeroko oczy. *Kuuuurwa.*

Nim zdążyłem się choćby odwrócić do Abby i wypowiedzieć na głos słowa, które wypełniło moje myśli, z tunelu wyleciał trzeci statek i zatrzymał się blisko granicy układu, co poskutkowało pojawieniem się na wyświetlaczu holo czerwonej kropki.

– Oho – mruknął Freddie.

– Ty to powiedziałeś. – Dotknąłem kontrolek. – Siggy, goń pozostałych. Musimy zdążyć przed zamknięciem tunelu!

– Zrozumiałem – odparła AI.

Abby trzymała w ręce sterowniki broni. Na jej twarzy malował się wyraz mówiący, że jeśli zajdzie taka potrzeba, jest gotowa zginąć podczas tej walki. Nie będzie to konieczne, nie ma mowy. Ja w żadnym razie nie byłem gotowy umrzeć, nie tutaj. Nie w miejscu takim jak to.

W dolnej części Zbuntowanej Gwiazdy zabuczał napęd ślizgu, a spod kokpitu wystrzeliła wiązka światła, obierając za cel widoczną przed nami szczelinę. Wystarczy zaledwie kilka sekund, aby tunel rozszerzył się do wcześniejszego rozmiaru.

W naszą stronę sunęło kilkadziesiąt szturmowców, zmierzając prosto na pole minowe. Już się w to miałem okazję bawić, dlatego doskonale wiedziałem, co robi Brigham. Poświęciłby te wszystkie statki, jeśli dzięki temu miałby mnie powstrzymać. Był wojskowym, skupionym na jednym tylko celu. Dziesięć tysięcy jego żołnierzy by zginęło, jeśli zapewniłoby to zdobycie nagrody… jeśli to oznaczałoby, że zdobyłby Lex.

Eksplodowało kilka min, z którymi zderzyły się statki. Te bomby nie musiały nawet daleko się zapuszczać. Było tak, jakby statki wręcz próbowały nadziać się na nie, jakby wiedziały, że to misja samobójcza.

Zacząłem wprowadzać Gwiazdę do szczeliny.

– Pospiesz się, Jace. Oni zaraz…

Wyświetlacz rozświetliła nagła eksplozja, gdy kolejny statek zderzył się z bombą. W końcu utworzone zostało czyste przejście między minami. Wina leżała po mojej stronie, bo za mało zdążyłem ich rozmieścić.

A teraz musiałem się pospieszyć, nim zjawi się ktoś jeszcze.

– Zbliżający się pocisk – poinformował Sigmond.

– Pieprzyć to! – warknąłem.

Odepchnąłem od siebie drążki najdalej, jak się dało, ignorując protokoły bezpieczeństwa związane z wejściem do Slipspace.

Radar pokazał, że w naszą stronę zmierza bomba.

– Odwróć statek! – zawołała Abigail.

Wiedziałem, o co jej chodzi, dlatego nie protestowałem. Obróciłem Gwiazdę, zgasiłem silniki i pozwoliłem, abyśmy lecieli ku otwartemu tunelowi. Kiedy znaleźliśmy się naprzeciwko nadlatującego pocisku, Abby wycelowała, po czym wystrzeliła porządną serię.

Pociski poleciały w próżnię, mijając torpedę. Spróbowała ponownie, ale pod tego rodzaju presją trudno było trafić w sam statek, nie mówiąc o pocisku o średnicy nie większej niż dwa metry.

W końcu, kiedy torpeda się zbliżyła, Abigail trafiła w nią, przez co ta skręciła i pofrunęła w stronę pola minowego. Zbliżyła się do jednej z moich min, następnie wróciła na poprzedni kurs. Mina podążyła za nią i teraz obie zmierzały w stronę Gwiazdy.

Abby wystrzeliła lepiej wycelowaną serię i ponownie trafiła w torpedę, tym razem z większą dokładnością. Pocisk eksplodował w pewnej odległości od nas, my zaś zaczęliśmy zagłębiać się w tunel, nadal odwróceni przodem w stronę pola minowego.

Mina zbliżeniowa nieprzerwanie jednak leciała w naszym kierunku, mimo że jej cel został zniszczony. Ja z kolei nie miałem jak jej zatrzymać.

Bomba minęła nas i wleciała do tunelu, po czym zniknęła w morzu zieleni.

Gdy pozostała część mojego statku znalazła się w tunelu,

w komunikatorze rozległ się przekaz. Chrapliwy głos, tak bardzo mi już znajomy, rzucił władczo:

– Wyślijcie wszystko, co macie! Za tym statkiem!

Generał najwyraźniej nie przejmował się prywatnością, gdyż zbyt łatwo udało mi się wychwycić ten przekaz. A może po prostu chciał, abym to usłyszał.

Tak czy inaczej tunel już się za nami zamykał.

– Dostosowuję prędkość, aby zrównoważyć trajektorię – oświadczył Sigmond.

– Czy to oznacza, że jesteśmy bezpieczni? – zapytał Freddie.

– Nigdy nie jesteśmy bezpieczni – odparłem. – Jeszcze się tego nie nauczyłeś?

Pozwoliłem, aby to Sigmond dokonał niezbędnych modyfikacji, jako że sztuczna inteligencja radziła sobie z tą masą detali lepiej niż ludzki mózg. Mikromodyfikacje co milisekundę? Błagam.

– Świt może i jest unieruchomiony, ale te dwa wielkie statki wkrótce podążą naszym śladem – powiedziała Abigail. Zaczęła zaciskać obie dłonie. – Od razu po opuszczeniu tego tunelu musimy dostać się na pokład Tytana.

Kiwnąłem głową. Dzięki w pełni naładowanemu rdzeniowi Athena nie musiała się już zatrzymywać na doładowanie. Mogliśmy lecieć bez końca i to szybciej niż do tej pory. Taką miałem przynajmniej nadzieję.

– Nie możemy się stąd skontaktować z Tytanem, więc będziemy musieli po prostu zaczekać – rzekłem. – Freddie, a tymczasem zajrzyjmy do naszej pasażerki. No wiesz, aby sprawdzić, czy jeszcze żyje.

– Ma pan na myśli Dressler?

– A kogóż by innego? – Wstałem z fotela. – Miejmy nadzieję, że nie umarła z głodu.

Gdy stałem między fotelami, Abigail dotknęła mojego nadgarstka.

– Rzeczywiście zamierzasz ją wypuścić?

Wzruszyłem ramionami.

– Nic nam nie zrobiła. Ja widzę to tak, że zasługuje na to, byśmy wywiązali się z danej jej obietnicy. Jeśli się stąd wydostaniemy, dam jej prom i może sobie nim prysnąć dokądkolwiek – tam, gdzie sądzi, że jest wolność.

Razem z Freddiem opuściliśmy mostek i udaliśmy się do pokoju doktorki.

– Otwórz – rzekłem, stojąc przed drzwiami.

– Tak, proszę pana – odparł Sigmond i drzwi się rozsunęły.

Dressler siedziała na łóżku z rękami skrzyżowanymi na klatce piersiowej. Na nasz widok zerwała się na równe nogi.

– W-wrócił pan!

– Przepraszam, że musiałaś tak długo czekać. – Wszedłem do pokoju.

– Co się tam dzieje? Od trzydziestu minut zagaduję Sigmonda, ale nie należy do zbyt rozmownych AI – oświadczyła Dressler.

– To dlatego, że skupiał się na walce. Dziwię się, że w ogóle miał czas, aby z tobą rozmawiać – stwierdziłem.

– Niegrzecznie byłoby ignorować naszego gościa – odezwał się Sigmond. – Najmocniej przepraszam za brak mojej uwagi, pani doktor.

Miałem wrażenie, że kąciki ust Dressler lekko się uniosły. Po chwili spojrzała na mnie zmrużonymi oczami.

– Skoro już pan tu jest, mogę się dowiedzieć, co się stało?

– Zdjęliśmy kilkadziesiąt szturmowców, zniszczyliśmy silniki na Galaktycznym Świcie, tak by nie mógł nas ścigać, i wskoczyliśmy do nowego tunelu, nim zdążyła nas dogonić reszta floty. Lecimy teraz na spotkanie z Tytanem – wyjaśniłem i zamachałem ręką. – Ot, zwyczajny dzień.

Zamrugała.

– Zaatakował pan transportowiec generała Brighama? Sigmond rzeczywiście wspomniał o jego przybyciu, ale to, co pan mówi, brzmi… nieprawdopodobnie.

– Wierz sobie, w co chcesz – odparłem i wzruszyłem ramionami. – W każdym razie tak właśnie było, a teraz staruszek siedzi na tyłku i kombinuje, jak nas dogonić. Bez działającego napędu ślizgu nie będzie to proste.

Dressler opadła szczęka.

– P-pan mówi poważnie? Jeśli zaatakował pan generała Brighama, będzie pana za to ścigać cała Unia! – Przeskoczyła wzrokiem na Freda. – Czy on mówi prawdę?

Freddie kiwnął głową.

– Kapitan użył statku szturmowego z Tytana i przedarł się przez system obronny Brighama. Mało nie zniszczył całego transportowca.

Doktorka uniosła brew i przez ułamek sekundy wyglądało to na oznakę szacunku.

– Nie do wiary.

– Potwierdzam – wtrącił Sigmond. – Jeśli pani chce, mogę odtworzyć nagranie z całego zajścia.

Dressler przez chwilę się zastanawiała, w końcu jednak machnęła ręką.

– Nie, to nie ma znaczenia. Mieliśmy umowę dotyczącą promu, prawda?

– Czyli nadal chcesz nas opuścić. – Posłałem jej znaczący

uśmieszek. – Ale pewnie, jak chcesz, to dam ci prom. – Wskazałem głową na okno, za którym widać było zielone, wirujące ściany tunelu. – Kiedy tylko opuścimy Slipspace.

– Ile to zajmie czasu?

– A bo ja wiem? – odparłem. – Co ty na to, Siggy?

– Biorąc pod uwagę aktualną przybliżoną długość tunelu, zanosi się na to, że na miejsce dolecimy za trzy godziny – wyjaśniła AI.

– Widzisz? Niedługo staniesz się wolną obywatelką. Możesz wrócić do Unii i opowiedzieć o swoich podłych porywaczach.

Powoli pokiwała głową, jakby rozważała moje słowa.

Przyglądałem jej się przez chwilę, czekając na pytania. Nie pojawiły się, więc zrobiłem krok w tył. Już miałem się pożegnać, kiedy ciszę przerwał głos Sigmonda.

– Proszę pana, czy mogę prosić o uwagę?

Jego głos dochodził z komunikatora. Dotknąłem ucha i odwróciłem się od pozostałych.

– O co chodzi?

– W tunelu przed nami wykrywam nagły skok energii.

– Wydawało mi się, że nie potrafimy dostrzec innych statków – odparłem.

– Zgadza się. Choć jednak nie jesteśmy w stanie wykryć ruchu, pojawiają się zakłócenia energii…

– Po angielsku, Siggy – przerwałem mu.

– Tak, proszę pana. W skrócie, kiedy jakiś przedmiot dokonuje bezpośredniej interakcji z granicami tunelu, tworzą się wibracje, które da się wykryć za pomocą czujników dalekiego zasięgu.

– Co się stało, kapitanie? – zapytała Dressler, stojąca kilka kroków za mną.

Niemal zapomniałem o obecności jej i Freddiego. Uniosłem palec wskazujący.

– Chwila, doktorko – rzekłem, po czym dotknąłem ucha. – Siggy, jaka jest najbardziej prawdopodobna przyczyna?

– Wnioskując po sile wibracji wzdłuż ścian tunelu, rzekłbym, że doszło do reakcji – powiedział Sigmond. – Według mnie źródłem jest ta mina zbliżeniowa, która wleciała przed nami do tunelu.

– Źle to wygląda? – zapytałem.

Słysząc te słowa, zarówno Dressler, jak i Freddie podeszli bliżej. Niemal wyczuwałem ich napięcie.

– Rzeczywiste szkody pozostają nieznane – wyjaśnił Sigmond. – Niemniej zważywszy na rozmiar środka wybuchowego, możliwe, że tunel mocno ucierpiał.

Otworzyłem szeroko oczy na myśl o potencjalnych konsekwencjach tego, co właśnie usłyszałem.

– Jasny gwint – mruknąłem, odwracając się w końcu w stronę swoich towarzyszy.

– Niech zgadnę – rzekł Freddie, przełykając gulę w gardle. – Nie jesteśmy bezpieczni, prawda?

– Ani trochę – odparłem.

Uszkodzenie tunelu okazało się poważniejsze, niż sądziłem.

Fala uderzeniowa wywołana eksplozją miny uderzyła w nas kilka minut po tym, jak Siggy nam o niej powiedział, mało nas przy tym nie ścinając z nóg.

Przytrzymałem się ściany, natomiast Dressler przewróciła się na łóżko. Freddiemu udało się pozostać w pozycji pionowej tylko dlatego, że chwycił się drążka przy łóżku.

– Abigail do Jace'a! – wrzasnął mi do ucha jakiś głos. – Biegiem na mostek!

Próbowałem zrobić krok w stronę drzwi, ale mało się nie przewróciłem.

– Nie dam rady! Nie mogę się ruszyć!

– Siggy mówi, że wybuchła mina – dodała Abby.

– Pewnie rozwaliła tunel! – odkrzyknąłem. – Spróbuj to zrównoważyć!

– Równoważnie jest daremne – odparł Sigmond. – Proszę się przygotować na uderzenie.

Dressler, Freddie i ja wymieniliśmy niepewne spojrzenia.

– Chyba żartujesz – powiedziałem tonem sugerującym, że mamy przerąbane.

Nim zdążył udzielić odpowiedzi, Gwiazdą zatrzęsło jeszcze mocniej, jakbyśmy dopiero teraz mieli do czynienia z całą furią eksplozji. Freddie wylądował na ziemi, natomiast Dressler obróciła się na łóżku. Ja pozostałem na kolanach, opierając się o ścianę i podłogę. Okazało się to niewystarczające, bo po chwili i tak wpadłem na Freddiego, waląc go kolanem w nos, Biedaczysko. Krzyknął i byłem pewny, że mignęła mi krew, ale nie mogłem się tym teraz przejmować. Istniało spore prawdopodobieństwo, że zaraz wszyscy zginiemy.

– Wlatujemy w rozłam w Slipspace – powiedział Sigmond.

Czasami nienawidziłem tego jego spokoju.

Statkiem nieprzerwanie trzęsło, ciskając mną i Freddiem po całym pokoju.

Przez chwilę sądziłem, że Gwiazdę rozerwie od środka, ale nim zdążyłem wyrazić te obawy na głos, turbulencje ustały i wylecieliśmy z tunelu.

Kiedy wstałem z podłogi, nadal czułem się zdezorientowany i na wpół pijany.

Otrząsnąłem się jakoś i bez słowa wyszedłem chwiejnym krokiem z pokoju, by udać się na mostek. Pora ustalić, jak wygląda nasza sytuacja.

Wszedłszy do kokpitu, od razu wyczułem frustrację Abigail.

– Jaki jest nasz status? – zapytałem.

– A jak ci się wydaje? – burknęła, przywołując holo układu gwiezdnego, do którego właśnie wlecieliśmy. – Utknęliśmy nie wiadomo gdzie.

– Nie wiadomo gdzie? – Zerknąłem na siedem planet i trzy pasy asteroid. – Siggy, gdzie jesteśmy?

– Lokalizacja nieznana, proszę pana – odparła AI.

– Jak to nieznana? – zapytałem.

– Układ gwiazd nie pasuje do żadnego dotychczasowego modelu, nie jestem także w stanie ekstrapolować naszego położenia.

Usłyszałem za sobą jakiś ruch, ale nawet się nie odwróciłem.

– Jak bardzo jest źle? – zapytał od progu Freddie.

Obok niego stała milcząca Dressler.

– Bardzo – mruknąłem. – Znajdujemy się nie wiadomo gdzie, a jako że wlecieliśmy do tunelu, nie znając miejsca wylotu, trudno powiedzieć, gdzie konkretnie jesteśmy. Mogliśmy wypaść dosłownie wszędzie.

– Sigmond nie potrafi odczytać mapy gwiazd? – zapytał Fred.

– To działa tylko wtedy, gdy gwiazdy pasują do tego, co mamy w bazie danych – wyjaśniłem.

– Zgadza się – potwierdził Sigmond. – Ten rozkład przed nami jest mi obcy. Nie istnieją żadne rejestry, co sugeruje, że region ten leży poza granicą znanej przestrzeni.

– Poza? – zapytała Dressler. – Chcecie powiedzieć, że znaleźliśmy się z dala od cywilizowanej przestrzeni Unii?

– Mało tego. – Wskazałem na znajdującą się pośrodku układu żółtą gwiazdę. – Skoro nie ma żadnego rejestru, to oznacza, że nikt nigdy nie zapuścił się tak daleko. To nie są ani Martwoziemie, ani Imperium Sarkonijskie, ani przestrzeń Unii.

– Ale w tunelu przebywaliśmy zaledwie piętnaście minut – odezwał się Freddie.

– Tak już jest z tunelami – westchnąłem. – Prawdziwe odległości nie mają znaczenia. Liczy się tylko Slipspace, a nie istnieją dwa tunele, które byłyby identyczne. Ten dzięki Tytanowi był zupełnie nowy, więc nie mamy pojęcia, jak daleko rzeczywiście się ciągnął. Licho wie, gdzie wylądowaliśmy.

– Nie brzmi to zachęcająco – mruknął Fred.

– Możemy wrócić do tunelu? – zapytała Abigail.

– Obawiam się, że to nie będzie możliwe – wtrącił Sigmond. – Według czujników nie ma już tunelu, do którego moglibyśmy wrócić.

Spojrzeliśmy po sobie.

– Siggy, co to znaczy, że nie ma tunelu? – zapytałem.

– Nie wiem – przyznała AI. – Czujniki nie wychwytują już wejścia do tunelu, a ja nie posiadam danych niezbędnych do ustalenia konkluzji.

Abigail nachyliła się i walnęła pięścią w konsolę.

– Teoretyzuj!

– Możliwe, że tunel na nowo się zapieczętował krótko po detonacji miny – rzekł Siggy. – Tunele Slipspace czasem pękają, ale nie zawsze takie pozostają. Co więcej, nawet gdybym był w stanie wykryć wejście do tunelu, niestety nie moglibyśmy z niego skorzystać. Turbulencje wyrządziły naszym silnikom zbyt wielkie szkody. W tej chwili nie działa nie tylko napęd ślizgu, ale także silniki sterujące dalekiego zasięgu.

– Twierdzisz, że nie bylibyśmy w stanie otworzyć tunelu, nawet gdybyśmy mieli go tuż przed sobą? – upewniła się Abigail.

– W rzeczy samej, panno Pryar – przytaknęła AI.

– Ekstra. – Wyrzuciła ręce w górę. – Prosto z jednego bagna w drugie.

Musiałem przyznać Abigail rację. W ostatniej możliwej sekundzie uciekliśmy przed atakiem Brighama tylko po to, by wylądować na totalnym zadupiu, w otoczeniu nieznanych gwiazd. Bez punktu referencyjnego w życiu nie uda nam się obrać właściwego kursu, nawet gdyby silniki znowu zaczęły działać.

– Powinniśmy tu zaczekać na Tytana? – zapytał Freddie. Wpatrywał się we mnie oczami szczeniaka, rozpaczliwie wyczekując jakiegoś rozwiązania.

Odczekałem chwilę z odpowiedzią, analizując niewiele dostępnych opcji.

– Siggy, jak nasze czujniki? – zapytałem.

– Działają – odparł.

– Przeskanuj ten układ, szukając czegokolwiek, co może się nam przydać – poleciłem.

– Już to robię, proszę pana.

– Widać gdzieś inne tunele?

– Ani jednego w promieniu trzech układów gwiezdnych – poinformował Sigmond. – Przykro mi, proszę pana.

Spojrzeliśmy po sobie z Abigail.

– Co teraz? – zapytała. W jej głosie nie było już słychać frustracji, lecz coś, co brzmiało podejrzanie jak zniechęcenie.

– Nie mamy wyboru. – Pokręciłem głową. – Będziemy musieli poczekać tutaj, aż znajdzie nas Tytan.

– Myśli pan, że Athena w ogóle wie, gdzie szukać? – zapytał
Freddie.

– Miejmy taką nadzieję – mruknąłem, zerkając na holo tego
układu. – Choć Brigham był do bani, ostatnie, czego człowiek
by chciał, to się zgubić.

– Mówi to pan tak, jakby już coś takiego przeżył – odezwała
się Dressler.

Kiwnąłem głową.

– Paniusiu, nie wiesz nawet połowy rzeczy.

EPILOG

Czekałem na koniec skanowania, a w tym czasie Freddie, Dressler i Abigail poszli sprawdzić silnik z napędem ślizgowym. Dressler była naukowczynią, więc uznałem, że jeśli ktoś na tym statku może sprawić, że coś znowu zacznie działać, to tylko ona. Nie ufałem jej jednak na tyle, by wysłać ją tam samą.

– Proszę pana, coś znalazłem – poinformował mnie Sigmond.

– Wrzuć to na holo – mruknąłem.

Pojawił się odczyt z pełną listą występujących w układzie planet i księżyców. Większość była pozbawiona życia lub zbyt surowa, aby zawracać sobie nimi głowę. Wyjątek stanowił świat klasy 5 usytuowany w strefie wokół gwiazdy.

Klasa piąta oznaczała, że jest tam atmosfera, którą da się oddychać, przypuszczalnie istnieje na tej planecie życie oparte na związkach węgla i jest spora szansa na coś do jedzenia. Nie było to jednak wyjście idealne.

– Na co ja patrzę, Siggy? Wiesz, że na klasie piątej nie warto lądować – rzekłem, odchylając się na fotelu.

– Oczywiście, proszę pana – przyznała AI. – Niemniej to nie ta planeta wzbudza moje zainteresowanie.

Uniosłem brew.

– W takim razie dlaczego mi ją pokazujesz?

– Wykrywam słaby przekaz, proszę pana – odparł Sigmond.

– Przekaz? – Od razu się ożywiłem. – Czy to Unia?

– Nie sądzę. Przekaz jest zbyt zniekształcony, aby go w pełni odczytać, ale według mnie jest to wołanie o pomoc.

– Skąd pochodzi? – zapytałem.

Na holo zobaczyłem zbliżenie na planetę – krajobraz skuty lodem, niemal jałowy.

– Stąd – rzekł Sigmond w chwili, gdy na kuli pojawiła się czerwona kropka. – Gdzieś spod lodu. Chwileczkę, proszę pana. Próbuję odzyskać wiadomość.

Zmrużonymi oczami wpatrywałem się w wyświetlany obraz. Jak to możliwe, że wiadomość pochodziła z miejsca leżącego tak daleko od istniejącego tunelu?

– Wygląda na to, że ta wiadomość jest w innym języku – kontynuował Sigmond.

– Jakim?

W głośniku rozbrzmiał przerywany, pełen zakłóceń głos kobiety.

– To dialekt języka z mojej bazy danych – wyjaśnił Siggy. – Języka, którego używali pierwsi koloniści z Tytana, aczkolwiek dokonano w nim wielu modyfikacji.

– Z Tytana?

A to zaskoczenie. Jak ta osoba mogła używać tego samego języka, co ludzie na Tytanie ponad dwa tysiące lat temu? Czy część kolonistów dotarła tutaj, natomiast pozostali udali się w innych kierunkach? W sumie to było możliwe, tyle że nie wyjaśniało braku tuneli w okolicy czy powodu, dla którego ktoś miałby wylądować na planecie tego typu. Istniała ogromna liczba nadających się do zamieszkania światów, o wiele lepszych od tego.

Chyba że statek się rozbił.

– Możesz to przetłumaczyć? – zapytałem.

– Sądzę, że tak – odparła AI.

Ująłem drążki i obrałem kurs na tę planetę, głównie po to, aby zająć się czymś, czekając, aż Sigmond wykona swoje zadanie. Po kilku chwilach Zbuntowana Gwiazda dotarła do orbity.

Minęło kilka minut, nim Siggy w końcu znowu się odezwał.

– Odtwarzam tłumaczenie.

W komunikatorze ponownie rozległ się kobiecy głos, tym razem jednak w języku, który rozumiałem.

– Uwaga, ten świat pozostaje własnością Ziemi. Zgodnie z umową kolonizacyjną wszystkie statki Przelotnych powinny unikać orbity i nie ryzykować znalezieniem się w zasięgu sieci obronnej.

– Ziemi? – Wyprostowałem się. Spodziewałem się różnych komunikatów, ale na pewno nie takiego. – Siggy, jesteś pewny, że tak właśnie powiedziała?

– Niczego nie jestem pewny, proszę pana. To zupełnie obcy język. Ze względu na liczbę zmiennych to tłumaczenie może być błędne. Słowo „Ziemia" mogło mieć dla tej osoby wiele znaczeń.

Uśmiechnąłem się krzywo.

– Rozumiem – rzekłem, następnie dotknąłem unoszącej się na wyświetlaczu kuli i zrobiłem zbliżenie na miejsce, z którego dochodził przekaz. – Myślisz, że dałbyś radę wylądować gdzieś niedaleko, Siggy?

– W okolicy znajduje się nieduża łąka – odparła AI.

– Okej. – Sięgnąłem po uprząż i sprawnie ją zapiąłem. – Wiesz, że nie jestem w stanie się oddalić od pogróżek, Siggy.

– O tak, wiem.

– Myślisz, że osoba, która wysłała tę wiadomość jeszcze żyje?

– Wykrywam na kontynencie oznaki życia, z których wiele pojawia się niedaleko tej lokalizacji – poinformował Sigmond. – Jednakże zakłócenia spowodowane lokalnymi śnieżycami uniemożliwiają dokonanie szczegółowej analizy.

Wyszczerzyłem się, wpatrując się w wyświetlacz.

– Mnie to wystarczy – stwierdziłem i nacisnąłem drążek. – To co, Siggy? Przekonajmy się, czy uda nam się znaleźć jakichś sąsiadów.

OD AUTORA

Rany, ale czas czasem szybko płynie, no nie? Sześć ostatnich tygodni pełnych było chaosu. Po konferencji pisarskiej w Vegas, grypie i kolejnej książkowej premierze jakoś udało mi się dokończyć i wydać *Renegata: Księżyc*. Zgranie wszystkiego okazało się cholernie trudne, no ale dałem radę.

Jace'owi i Abigail udało się zlokalizować źródło mocy potrzebne Tytanowi do dalszego funkcjonowania, przez co znaleźli się wyjątkowo blisko generała Brighama. Znowu jednak pokonali Unię. Całkiem nieźle jak na Renegata i mniszkę.

Załoga poznała także historię Ziemi, a przynajmniej jej część. To było coś, czym chciałem się podzielić od samego początku, tyle że musiałem zaczekać aż do tego tomu. Wiem, że wielu czytelników zastanawiało się, w jaki sposób galaktyka (i ludzkość) osiągnęła taki, a nie inny poziom, dlatego cieszę się, że mogłem to w końcu zdradzić.

W tej książce pragnąłem wspomnieć jeszcze o czymś, o co pyta wiele osób, a mianowicie o historii Jace'a. Do tej pory niewiele pojawiało się informacji na ten temat, ponieważ bardziej interesowało mnie przedstawienie go w czasie teraźniejszym i pozwolenie, aby mówiły za niego czyny. Teraz, kiedy mogliśmy się już przekonać, co to za człowiek, uznałem, że nadszedł odpowiedni czas, by dowiedzieć się, co dało początek tej całej renegackiej podróży. Oczywiście sporo informacji czeka jeszcze na ujawnienie. Chciałem jednak podzielić się choć fragmentem jego przeszłości, bo według mnie jest to ważne, by móc dobrze zrozumieć tę postać.

Tak czy inaczej mam nadzieję, że podobał się Wam trzeci tom serii *Renegat*. Kolejny ukaże się w grudniu, nie będziecie więc musieli długo czekać. Przygotujcie się na to, że czwarta część tej epickiej sagi ujawni kolejne tajemnice i zaskakujące rewelacje.

Do zobaczenia niedługo, Renegaci.

J.N. Chaney

PS. Amazon nie powie Wam, kiedy ukaże się kolejna część, ale możecie się tego dowiedzieć z wielu innych źródeł.

1) Dołącz do grupy na Facebooku JN Chaney Renegate Readers i przywitaj się. To świetne miejsce dla czytelników sci-fi, którzy lubią się pośmiać.

2) Obserwuj mnie bezpośrednio na Amazonie: wejdź na mój profil autora i kliknij w przycisk pod moim zdjęciem. Dzięki temu będziesz dostawać powiadomienia e-mailowe od Amazona gdy tylko ukaże się nowa książka.

3) Możesz zapisać się na moją listę mailingową, klikając **tutaj**. Dzięki temu będę z Tobą w bezpośrednim kontakcie. Otrzymasz też dostęp do darmowych opowiadań.

Robiąc jedną z tych trzech rzeczy (albo wszystkie trzy), będziesz mieć pewność, że dowiesz się o publikacji każdej nowej książki.

Podium

DISCOVER MORE

STORIES UNBOUND

www.ingramcontent.com/pod-product-compliance
Lightning Source LLC
Chambersburg PA
CBHW031303120726
47906CB00003B/863